闻一多讲楚辞

闻一多 · 著

天津出版传媒集团

天津人民出版社

图书在版编目(CIP)数据

闻一多讲楚辞 / 闻一多著. -- 天津：天津人民出
版社，2021.8
ISBN 978-7-201-17403-7

Ⅰ.①闻… Ⅱ.①闻… Ⅲ.①楚辞研究 Ⅳ.
①I207.223

中国版本图书馆 CIP 数据核字(2021)第 116987 号

闻一多讲楚辞
WEN YIDUO JIANG CHUCI

出　　　版	天津人民出版社	
出 版 人	刘　庆	
地　　　址	天津市和平区西康路 35 号康岳大厦	
邮政编码	300051	
邮购电话	(022)23332469	
电子信箱	reader@tjrmcbs.com	

出版统筹	赵子源　苏　晨	
责任编辑	伍绍东	
封面设计	姚立扬　李晶晶	
版式设计	陈　敬	

印　　　刷	天津新华印务有限公司	
经　　　销	新华书店	
开　　　本	880 毫米×1230 毫米　1/32	
印　　　张	7	
插　　　页	1	
字　　　数	120 千字	
版次印次	2021 年 8 月第 1 版　2021 年 8 月第 1 次印刷	
定　　　价	36.00 元	

目　录

楚辞校补

《楚辞校补》，1942 年 3 月国民图书出版社出版。

引 言

　　较古的文学作品所以难读,大概不出三种原因。(一)先作品而存在的时代背景与作者个人的意识形态,因年代久远,史料不足,难于了解;(二)作品所用的语言文字,尤其那些"约定俗成"的白字(训诂家所谓"假借字"),最易陷读者于多歧亡羊的苦境;(三)后作品而产生的传本的讹误,往往也误人不浅。《楚辞》恰巧是这三种困难都具备的一部古书,所以在研究它时,我曾针对着上述诸点,给自己定下了三项课题:(一)说明背景,(二)诠释词义,(三)校正文字。

　　三项课题本是互相关连的,尤其(一)与(二),(二)与(三)之间,常常没有明确的界线,所以要交卷最好是三项同时交出。但情势迫我提早交卷,而全部完成,事实上又不可能,我只好将这最下层,也最基本的第三项——校正文字的工作, 先行结束,而尽量将第二项——诠释词义的部分容纳在这里,一并提出。这实在是权变的办法,我本心极不愿这样做。可是如果这样来,能保证全部工作及早赶完,借此可以腾出时间来多做点别的事,那对于自己还是合算的。在一部书上已经花上了十年左右的光阴,再要拖延下去,总会教人腻味的。

　　我的目的本是想替爱好文艺而关心于我们自己的文艺遗产的朋友们,在读这部书时,解决些困难。为读者便利计,本应根据这里校勘的结果,将全部《楚辞》的白文重印一次,附在书后。但因种种关系我没有能这样做。这是应向读者道歉的。

　　我梦想哪天我能用写这篇"引言"的文字来重写全书,而不至犯着"词费"的毛病。但当语体文在考证文字中还没有找到适当的形式以前,我只好"未能免俗"了。

　　最后,我应当感谢两位朋友:游泽承(国恩)和许骏斋(维遹)两先生。泽承最先启发我读《楚辞》,骏斋最热心鼓励我校勘它。没有他们,这部书是不会产生的。陶重华君校阅全稿,给我很多宝贵的意见。朱兆祥、黄匡一、何善周、季镇淮四君替我分担钞写的工作。对以上诸位,我都深深致谢。

　　民国三十年,十二月,八日,一多识于昆明,龙泉镇,司家营

凡　例

（一）本书底本用《四部丛刊》洪兴祖《楚辞补注》本（即涵芬楼影印江南图书馆藏明翻宋本）。

（二）本书引用古今诸家旧校材料如下：

王逸　《章句》引或作本。（王《注》本于每卷首皆题曰"校书郎臣王逸上"，是其注此书，正当校书秘阁时。今《注》中每云"或曰……"，与今本异，盖即所见秘阁异本之文。）

洪兴祖　《辑校》所引诸本。（洪氏《补注》本中有校语，在王《注》后，《补注》前，盖六朝唐以来诸家旧校，而洪氏辑存之。学者或称王校，大谬。计所引除所谓一本者外，又有古本、唐本及某氏《释文》、孔逖《文苑》等，今皆不传。硕果仅存，惟见洪氏兹辑，故弥足珍贵。至所引《史记》《文选》二书，则今书俱在，无多出入。）

刘师培　《楚辞考异》。（起《离骚》，尽《九章》。采辑宋以前群书中所引《楚辞》，条列异同，时附已见。然取材虽广，而略无精义，不逮刘氏所校他书远甚，盖草创之作，本未成书耳。所采各书，亦时有讹夺，本书作者俱已覆检。其书名略具于本书《校引书目板本表》中，兹不备载。）

许维遹　《楚辞考异补》藁本。（起《离骚》，尽《天问》。采辑各书，与刘氏略同。参校板本除唐写本《文选集注》残卷外，若元刊本，明正德王鏊刊本，明王孙夫容馆仿宋本[此本所校甚少，本书未采]等，本书作者均未之寓目。所录异文，时有出今本上者，本书俱已采入。)

刘永济　　《楚辞通笺》(计笺《离骚》《九歌》《天问》《惜诵》《涉江》《哀郢》《抽思》《怀沙》《九辩》等九篇。内引明黄省曾校刊宋本，明吉藩府翻宋本，时有可采)。

(三)本书作者新采之校勘材料，其来源颇广，别详《校引书目板本表》。

(四)本书采用古今诸家成说之涉及校正文字者，都二十七家(洪兴祖、朱熹、王夫之、陈本礼、王念孙、王引之、丁晏、马瑞辰、俞正燮、江有诰、朱骏声、牟廷相、梁章钜、邓廷桢、俞樾、孙诒让、吴汝纶、王闿运、马其昶、刘师培、王国维、武延绪、刘盼遂、刘永济、游国恩、陆侃如、郭沫若)，并驳正者三数家，其著述大都世所共知，兹不缕列。

(五)本书论列之内容，其范围如下：

今本误，可据别本以谠正之者。

今本似误而不误，当举证说明者。

今本用借字，别本用正字，可据别本以发明今本之义者。

各本皆误，而以文义、语法、韵律诸端推之，可暂改正以待实证者。

今本之误，已经诸家揭出，而论证未详，尚可补充证例者。(诸家说已精确，而论证亦略备，本书作者无可附益者，本书概弗征引。)

(六)及门诸君，时发新意，有起予之功。本书就其说之近确者，甄录一二，以志平昔论难之乐。

校引书目板本表

王逸《楚辞章句》元刊本,明正德王鏊刊本(以上二种据许维遹《楚辞考异补》校引),明黄省曾校刊宋本,明吉藩府翻宋本(以上二种据刘永济《楚辞通笺》校引),明朱燮元重刊宋本,清嘉庆大小雅堂刊本

释道骞《楚辞音》 敦煌旧抄残卷存《离骚经》一百八十八字,王《注》九十六字

朱熹《楚辞集注》 无《七谏》《九怀》《九叹》《九思》等四篇,余同王逸本 ▲《古逸丛书》覆元刊本

钱杲之《离骚集传》《知不足斋丛书》本

(以上注释《楚辞》诸书)

司马迁《史记》 卷十五《屈原列传》载《怀沙》一篇,《渔父》一篇 ▲刘氏嘉业堂景宋蜀大字集解本,日本泷川龟太郎《会注考证》本

梁昭明太子《文选》 卷三十二载《离骚》一篇,《九歌》七首(《东皇太一》《云中君》《湘君》《湘夫人》《大司命》《少司命》《山鬼》),《涉江》一篇,《渔父》一篇,《九辩》五章,《招魂》一篇,《招隐士》一篇 ▲《四部丛刊》景宋刻六臣《注》本,罗氏影日本唐写本《集注》残卷存

《离骚》《招魂》《招隐士》等三篇

余知古《渚宫旧事》 卷二载《哀郢》一篇 ▲《吉石盦丛书》景日本青芝山房旧钞本

童宗说(等)注释音辩《唐柳先生集》 卷十四附载《天问》一篇 ▲《四部丛刊》景元刊本

（以上载录《楚辞》全篇诸书）

郭璞《尔雅注》《古逸丛书》覆宋蜀大字本,《山海经注》(郝氏《笺疏》本)

沈约《宋书》 开明《二十五史》本

顾野王原本《玉篇》 《古逸丛书》影日本旧抄残本罗氏《海东古籍丛残》本

刘昭《后汉书补注》 开明《二十五史》本

杜台卿《玉烛宝典》 《古逸丛书》影日本旧抄卷子本

虞世南《北堂书钞》 南海孔氏刊本

欧阳询(等)《艺文类聚》 明嘉靖宗文堂本

孔颖达(等)《尚书疏》 阮刻《十三经注疏》本

颜师古《汉书注》 王先谦《补注》本 《匡谬正俗》(雅雨堂本)

李贤《后汉书注》 开明《二十五史》本

李善《文选注》 胡氏重刊宋本

司马贞《史记索隐》 开明《二十五史》本

释慧琳《一切经音义》 日本《大正新修大藏经》本

徐坚(等)《初学记》 古香斋袖珍本

白居易《六帖》 明刊本

徐锴《说文系传》 《四部丛刊》影述古堂影宋钞本

日本释昌住《新撰字镜》　日本影木村正辞模写本

李昉(等)《太平御览》　鲍刻本

乐史(等)《太平寰宇记》　《古逸丛书》影宋本补阙

吴淑《事类赋注》　明华麟祥校刊本

陈彭年(等)　《重修玉篇》《四部丛刊》影元刊本,《广韵》
(《四部丛刊》影宋巾箱本)

丁度(等)《集韵》　《楝亭五种》本

叶廷珪《海录碎事》　日本松崎复刊本

无名氏《锦绣万花谷》　明刊本

谢维新《古今合璧事类备要》前集、续集　明嘉靖重刊宋本

虞载《古今合璧事类备要》别集、外集　同上

王质《诗总闻》　《经苑》本

罗苹《路史注》　通行本

吴仁杰《两汉刊误补遗》　《榕园丛书》本

庞元英《文昌杂录》　《学津讨原》本

王得臣《麈史》　涵芬楼重印明钞本

姚宽《西溪丛语》　《啸园丛书》本

袁文《瓮牖闲评》　武英殿《聚珍丛书》本

马永卿《懒真子》　《儒学警悟》本

陈善《扪虱新语》　《儒学警悟》本

王观国《学林》　《湖海楼丛书》本

吴曾《能改斋漫录》　《守山阁丛书》本

邵博《邵氏闻见后录》　涵芬楼校印曹抄何校二本

葛立方《韵语阳秋》　《历代诗话》本

洪迈《容斋随笔》　通行本

高似孙《子略》　《墨海金壶》本

龚颐正《芥隐笔记》　《学津讨原》本

叶大庆《考古质疑》　武英殿《聚珍丛书》本

戴埴《鼠璞》　《百川学海》本

王应麟《困学纪闻》　通行翁《注》本,《急就篇补注》(《玉海》本)

郭茂倩《乐府诗集》　汲古阁本

蔡梦弼《杜工部草堂诗笺》　《古逸丛书》覆麻沙本,又《补遗》(同上覆高丽本)

魏仲举编《五百家注韩昌黎集》　乾隆富氏仿宋本

王伯大重编《朱校昌黎先生集》　《四部丛刊》景元刊本

童宗说、张敦颐、潘纬注释音辨《唐柳先生集》　《四部丛刊》景元刊本

李璧《王荆公诗注》　涵芬楼景元大德本

王十朋集注《东坡先生诗》　《四部丛刊》影宋务本堂本

任渊《山谷内集注》　四觉草堂仿宋本,《后山诗注》(医学书局影印宋钞本)

史容《山谷外集注》　《四觉草堂》仿宋本

胡穉《简斋诗集笺注》　《四部丛刊》影宋刊本

萧士赟《李太白集注》。

张玉书(等)《佩文韵府》　鸿宝斋石印本

　(以上杂引《楚辞》零句诸书)

离　骚

皇览揆余初度兮（一本余下有于字——以上校语转录洪兴祖《补注》本所载，后仿此）

　　案当从一本补于字。度即天体运行之宿度、躔度，"初度"谓天体运行纪数之开端。《离骚》用夏正，以日月俱入营室五度（日月如连璧，五星如贯珠），为天之初度，历家所谓"天一元始，正月建寅"，"太岁在寅曰摄提格"是矣。以"摄提贞于孟陬"之年生，即以天之初度生。"皇览揆余于初度"者，皇考据天之初度以观测余之禄命也。要之，初度以天言，不以人言。

　　今本余下脱于字，则是以天之初度为人之初度，殊失其旨。

　　唐写本《文选集注》残卷（下称唐写本《文选》），今本《文选》，朱熹《楚辞集注》本（下称朱本），钱杲之《离骚集传》本（下称钱本），明正德王鏊刊本（下称王鏊本），明朱燮元重刊宋本(下称朱燮元本),大小雅堂本并有于字。《文选·沈休文〈和谢宣城诗〉》注引亦有。《文选·西京赋》注及马永卿《懒真子》四引并作於,本篇于於错出。

又重之以修能

案朱校能一作态。能态古字通(《怀沙》"非俊疑杰,固庸态也",《论衡·累害篇》引作能。《庄子·马蹄篇》"故马之知而态至盗者",态读为能。《汉书·司马相如传》"君子之态",《史记集解》引徐广本作能。《素问·风论》"顾问其诊及其病能",即病态)。修态谓容仪之美。下文"扈江离与辟芷兮,纫秋兰以为佩",即承此言之。《招魂》曰"姱容修态",《西京赋》曰"要绍修态",义与此同。

扈江离与辟芷兮(《文选》离作蓠)

案《文选·吴都赋》注,《思玄赋》注,《后汉书·张衡传》注,《说文系传》一二,谢维新《古今合璧事类备要》(下称《合璧事类》)续集四一引并作蓠。《晏子春秋·杂上篇》曰"今夫兰本,三年而成,湛之苦酒,则君子不近,庶人不佩",《荀子·劝学篇》曰"兰槐之根是为芷,其渐之滫,君子不近,庶人不服",《大略篇》曰"兰芷藁本,渐于蜜醴,一佩(倍)(上借字,下加弧者正字。后仿此)易之",《淮南子·人间篇》

曰"申菽杜茝,美人之所怀服也,及渐之于滫,则不能保其
芳矣",是古人佩服芳草,必先以酒渐之。《广雅·释器》曰
"寝醋、郁、庰、幽也",王念孙曰"此通谓藏食物也"。案寝醋
即浸湛,并与渐通。《广雅》寝醋与庰同训幽,而王《注》本篇
"扈江离与辟芷"曰"辟、幽也,芷幽而香",正读辟为庰,是此
文,"辟芷"及下文"幽兰"并与诸书言渐兰茝者同,谓以酒
浸湛而幽藏之也。原本《玉篇·广部》引此作庰,庰庰同(《说
文》"庰、仄也","庰、墙也",以庰为壁,非是),可与王《注》相
发。

何不改此度 (一云何不改乎此度也)

案本篇乎字凡十五见。"愿俟时乎吾将刈","延伫乎吾将
反","历吉日乎吾将行"等三乎字皆在二分句之间,其作用与
"览民德焉错辅"之焉略同(惟焉表地,此表时)余皆训于。以
上二义于本文皆无施,然则一本"改"下有"乎"字,非是(古书
于乎夫三虚字通用。一本"乎"字盖涉下文"来吾道夫先路"之
"夫"而衍。然下文夫字当训彼,"夫先路"即彼先辂。一本误指
示代名词之"夫"为介词之"夫",因于此句亦如介词"乎"字,
不知"改"为外动词,外动词后固不容有介词也)。"何不改此
度也"与《思美人》"未改此度也",句例略同。

　　唐写本及今本《文选》并无乎字,与本书同。又案一本
句末有也字,审语气,有之为是。唐写本及今《文选》,钱本,
王鏊本,黄省曾校刊宋本(下称黄省曾本),朱燮元本,大小

雅堂本并同。

来吾道夫先路（一本句末有也字）

案一本有也字，是。唐写本《文选》，钱本，王鏊本并有。

昔三后之纯粹兮固众芳之所在杂申椒与菌桂兮岂维纫夫蕙茝

案四句当在上文。"纫秋兰以为佩"下。知之者，此处上云"乘骐骥以驰骋兮，来吾道夫先路也"，下云"彼尧舜之耿介兮，既遵道而得路"，上下均言行止，中忽阑入此四句，则文意扞格。实则此云杂申椒，纫蕙茝，仍以服饰为言，纫蕙茝之纫，即前"纫秋兰以为佩"之纫，故知四句当与彼文相承。

夫如此，而后自"纷吾既有此内美兮"至"恐美人之迟暮"一段，专言服饰，自"不抚壮而弃秽兮"至"伤灵修之数化"一段，专言行路，层次井然，文怡理顺矣。或疑四句既本在上文，则此处"来吾道夫先路也"与"既遵道而得路"两路字相次为韵，恐无此例。不知"先路"之路本读为辂（《书·顾命》"先辂在左塾之前"，《周礼·典路》郑众《注》引作路），与下"得路"之路，字同义异，不妨相叶，犹后文"孰求美而释女"，亦与"岂唯是其有女"相叶而不嫌。学者正以不明上路字之义，以为连用二路字，不合韵法，遂私移此四句于其间，以隔绝之耳。彼其意方以为如此，则三后尧舜，以类相从，于文弥顺，而不悟其先三后，后尧舜，叙次已倶倒矣。注家顾从而竞为之辞，以发明其倒叙之义，不已惑欤？

何桀纣之猖披兮（猖一作昌，《释文》作倡，披一作被）

案日本《新撰字镜》六引原本《玉篇·巾部》转引本书作昌帔。朱本，元刊本（后称元本），王鳌本，朱燮元本，大小雅堂本，并作昌被。唐写本及今本《文选》并作昌披。《合璧事类·续集》四一引本书同。《易林·观之大壮》曰"心志无良，昌披妄行"，亦作昌披。是猖字古本当作昌。今作猖者，盖后人以训诂字改之。

反信谗而齎怒（齎一作齐，《释文》齐或作赍）

案颜师古《匡谬正俗》七，《太平御览》（后称《御览》）九一三，又九八一，《事类赋注》二四，《合璧事类·续集》四一引并作齐。唐写本《文选》作齐，载陆善《经说》曰"反信谗而同怒己也"，正以同训齐。今本《文选》亦作齐，五臣说与陆同。《释文》曰"齐或作赍"，是《释文》本亦作齐。疑古本如此。今作齎，亦后人以训诂字改。

曰黄昏以为期兮羌中道而改路

洪兴祖曰"一本有此二句，王逸无注，至下文'羌内恕己以量人',始释羌义。疑此二句后人所增耳。《九章》曰'昔君与我诚言兮,曰黄昏以为期,羌中路而回畔兮,反既有此他志',与此语同"。案本篇叶韵,通以二进,此处武怒舍故路五字相叶,独为奇数,于例不合。此亦二句当为衍文之确证。

二句本《抽思》文,后人以其与本篇下文"初既与余成言兮,后悔遁而有他"二句相似,因误入本篇,又易"回畔"为"改道"以叶韵也。唐写本及今本《文选》并无此二句,钱本亦无,当据删。

畦留夷与揭车兮 (揭一作藕,《文选》亦作藕车)

案《尔雅·释草》注,《合璧事类·续集》四一引亦作藕。

杂杜衡与芳芷 (衡一作蘅)

案《艺文类聚》(后称《类聚》)八一,《御览》九八三,虞载《合璧事类·别集》五五引并作蘅。

冀枝叶之峻茂兮 (《文选》峻作葰)

案《汉书·司马相如传》曰"实叶葰楙",《古文苑·蜀都赋》曰"宗生族攒,俊茂丰美"。峻茂与葰楙、俊茂并同。《合璧事类·续集》四一引亦作葰。

謇朝谇而夕替既替余以蕙纕兮

案谇当为绌,两替字并当为縓,皆字之误也。绌,缚也。(《荀子·正论篇》"晋悟捽搏",捽亦搏也。《晋语》一"戎夏交捽",犹交搏也。搏与缚,捽与绌,并义相近。以手曰搏,以绳曰缚,搏谓之捽,则缚亦可谓之绌。)縓即枼字。《说文》曰"枼,小束也,读若茧"。《广雅·释诂》三曰"枼,束也"。《齐民要术》二曰"枼欲小,缚欲薄"。字一作縓。《集韵》曰:"縓,缩也"(起辇切),《尔雅·释器》郭《注》曰"缩,约束之"。枼縓音义不殊,而从开与从扶之形元复同(《说文》采为某之篆文,扶即祆之讹变,是从扶与从开同),是枼縓确为一字。篆书自()与心()略近,故縓或误为缙。《篇韵》有缙字,音贱(云出《释典》,未详是何经论,待检),即縓字也。今本作替,即缙之省。

绌縓并训缚束,"朝绌""夕縓",谓朝夕取芳草自缚束其身以为佩饰也。(上文"擥木根以结茝兮,贯薜荔之落蕊,矫菌桂以纫蕙兮,索胡绳之纚纚,謇吾法夫前修兮,非世俗之所服",又曰"余虽[唯]好修姱以羁兮",皆谓以芳草饰身,如后世之缨络然。)"既縓余以蕙纕兮",犹言束我以蕙草之纕带也。縓古音在諍部,与上句艰字正相叶。今本縓误为替,相承读为替废之替(他计切),则既失其义,又失其韵矣。

固时俗之工巧兮

刘永济氏云，固疑何之误。此句两见《九辩》中，皆作何。何有疑怪意，作固，则肯定矣。案刘氏近是。何固形近而误。然《七谏·谬谏》曰"固时俗之工巧兮，灭规矩而改错"，袭《骚》文而字亦作固，则东方朔所见本已误。

余独好修以为常

孔广森、姚鼐、梁章钜并以为常惩不叶，谓常当为恒，避汉讳改。江有诰则以为阳蒸借韵。案江说是也。常惩元音近，韵尾同，例可通叶。《天问》曰"荆师作勋夫何长，吴光争国何久余是胜"（二句今本次第讹乱，句中亦各有夺误，并详《天问》），长与胜叶，例与此同。《七谏·自悲》曰"凌恒山其若陋"，《哀时命》曰"举世以为恒俗兮"，此本书不讳恒字之明验。

女嬃之婵媛兮（婵媛一作掸援）

案婵媛当从一本作掸援。《说文》曰"啴，喘息也"，"喘，疾息也"，"欯，口气引也"，喘欯一字。喘缓言之曰啴咺。《方言》一曰"凡恐而噎噎……南楚江湖之间曰啴咺"，《广雅·释诂》二曰"啴咺，惧也"。案喘训疾息，噎噎亦疾息之谓

(《诗·黍离》传"嘽，忧不能息也"，《说文》"噎，饱食息也"）。故亦谓之嘽咺。掸援即嘽咺，《吕氏春秋·贵直篇》狐援，《齐策》六作狐咺），亦即喘。喘息者气出入频促，如上下牵引然，故王《注》训掸援为牵引，《说文》亦训歕为口气引也。唯《方言》《广雅》以嘽咺为恐惧，似不足以该嘽咺之义。凡情绪紧张、脉搏加疾之时，莫不喘息，恐惧特其一端耳。本篇曰"女婴之掸援兮，申申其詈予"，此怒而喘息也。《九歌·湘君》曰"女掸援（旧本字皆从女，今正。下同）兮为余太息"，《九章·哀郢》曰"心掸援而伤怀兮"，《九叹·思古》曰"心掸援而无告兮"（口之喘息由于心之跳动，故又曰心婵媛），此哀而喘息也。《悲回风》曰"忽倾寤（即惊寤。《左传·文十八年》敬嬴，《公》《穀》敬并作顷，《左传·昭七年》南宫敬叔，《说苑·杂言篇》作顷叔，此倾惊可通之比）以掸援"，此惊而喘息也。然喘息谓之掸援，其义既生于牵引，则字自当从手。学者徒以《离骚》《九歌》之掸援者，其人皆女性，遂改从女，乃至他篇言掸援之不指女性者，字亦皆变从女，不经甚矣。若《白氏六帖》（后称《白帖》）一九，曹秋岳抄本《邵氏闻见后录》二六引本篇并作婵娟，则直以为女子好貌，信乎大道多歧而亡羊也。

曰鲧婞直以亡身兮

案古字亡忘互通。亡身即忘身，言鲧行婞直，不顾己身之安危也。王《注》如字读之，非是。五百家注《韩昌黎集》三

《永贞行》祝《注》引此作忘,足正王《注》之失。

终然殀乎羽之野(殀亦作夭)

案鲧非短折,焉得称殀?殀当从一本作夭。夭之为言夭遏也。《淮南子·俶真篇》曰"天地之间,宇宙之内,莫能夭遏",又曰"四达无境,通于无圻,而莫之要御夭遏者"。夭遏双声连语,二字同义,此曰"夭乎羽之野",犹《天问》曰"永遏在羽山"矣。《礼记·祭义》疏引郑志答赵商曰,"鲧非诛死,鲧放诸东裔,至死不得反于朝",放之令不得反于朝,即夭遮遏止之使不得反于朝也。此盖本作夭,王《注》误训为蚤死,后人始改正文以徇之。唐写本及今本《文选》并作夭,王十朋《苏东坡诗集注》十二《次韵答章传道见赠》注引同。

汝何博謇而好修兮(《文选》作寋)

案今本《文选》仍作謇,五臣作寋;《路史·后纪》注一引本书亦作寋。寋謇正借字。寋犹偃寋也。博与踊通。《字镜》曰"踊,蹀也",蹀犹蹀躞也。博寋,盖行步合节,安舒自得之貌。《远游》"音乐博衍无终极兮",《注》曰"五音安舒,靡有穷也"。博寋与博衍同(《说文》愆重文作寋)。声音安舒谓之博衍,动作安舒谓之博寋,皆有节度之貌也。又《九歌·东皇太一》"灵偃寋兮姣服",《注》曰"偃寋,舞貌"。案彼曰偃寋,

曰姣服,与此曰博謇好修,下又曰姱饰,语意略同。舞曰偃
蹇,行曰博蹇,亦皆安舒有节度之貌。今本作"博謇",王
《注》曰"博采往古,好修謇謇",失之远矣。

纷独有此姱节

案节与服不叶,朱骏声谓当为饰之讹,是也。饰节形
近,往往相乱。《礼记·玉藻》"童子之节也",《仪礼·士冠礼》
注引作饰,《韩非子·饰邪篇》"国难节高",今本误作饰,本
书《天问》注"修饰玉鼎",《御览》八六一引误作节,并其比。
上文曰"佩缤纷其繁饰兮",下文曰"及余饰之方壮",姱饰
与繁饰、壮饰,皆谓盛饰也。

五子用失乎家巷(巷一作居)

案当作"五子用夫家巷"。巷读为閧(王引之说)。"五子
用夫家閧"与后文"厥首用夫颠陨"句法同。意者后人读巷
为闾巷之巷,则句中无动词,文不成义,因改夫为失以足其
义。一本巷作居,亦以求动词不得而私改,而不悟居之不入
韵也。班固《离骚序》引淮南王《离骚传叙说》曰"五子以失
家巷,谓五子胥也",是淮南王本作"五子以失家巷"。以用
声转义同,"以失家巷"犹"用失家巷"。淮南本夫已误作失,
正以读巷如字而改之。然淮南本夫虽误失,而尚无乎字。今

本又衍乎字者,后人以"五子用失家巷"不类《离骚》语调,乃又沾乎字以求合乎骚体也。

又好射夫封狐

案夷考古籍,不闻羿射封狐之说。狐疑当为猪,字之误也。篆书者作𤡔,缺其上半,与㺇相仿,而豕旁与犬旁亦易混,故猪误为狐。《天问》说羿事曰"冯珧利决,封豨是射",《淮南子·本经篇》曰"尧乃使羿……禽封豨于桑林",封豨即封猪也。其在《左传》,则神话变为史实,《昭二十八年》称乐正后夔之子伯封"谓之封豕,有穷后羿灭之",封豕亦即封猪也。《古文苑·扬雄〈上林苑箴〉》曰"昔在帝羿,失(原作共,当为失之讹。失与佚通)田淫(原误径)游,弧矢是尚,而射夫封猪,不顾于愆,卒遇后忧",字正作猪。雄文语意全袭《离骚》,"封猪"之词或即依本篇原文,若然,则汉世所传《离骚》犹有作猪之本。

举贤而授能兮

朱骏声谓授为援之误,举《礼记·儒行》"其举贤援能有如此者"为证。案朱说非也。《庄子·庚桑楚篇》曰"且夫尊贤授能,善义与利,自尧舜以然",《荀子·成相篇》曰"尧授能,舜遇时,尚贤推德天下治","授能"之语,并与此同。《吕氏春秋·赞能篇》"舜得皋陶而舜受之",高《注》曰"受、用也"。
受授古同字。授能犹用能也。(《左传·闵元年》"授方任能",
《管子·幼官篇》"尊贤授德则帝",授亦皆训用。) 本篇王
《注》曰"举贤用能",训授为用,与高说正合。然则《儒行》
"举贤援能"实授能之误(《汉曹全碑》《永受嘉福瓦》及《陈
受印》受并作受,与爰形近,故援授二字古书每相乱。《九歌·
东君》"援北斗兮酌桂浆",《御览》七六七引误作授,《吕氏
春秋·知分篇》"授绥而乘",《意林》引作援),当据本篇及
《庄》《荀》之文以订正。朱氏反欲援彼以改此,疏矣。

溘埃风余上征

王夫之云,埃当为俟。案王说殆是也。《远游》曰"……
凌天池以径度,风伯为余先驱兮,氛埃辟而清凉",《淮南
子·原道篇》曰"是故大丈夫……乘云陵霄,与造化者俱,纵
志舒节,以驰大区……令雨师洒道,使风伯扫尘"。诸言飞
升者,必先使风扫尘。此亦托为神仙之言,何遽欲冒尘埃之
风以上升哉?"溘俟风余上征"与"愿俟时乎吾将刈"句法略
同。至《文选·吴都赋》刘《注》,《谢玄晖〈在郡卧病呈沈尚书
诗〉》注,《江文通〈杂体诗〉》注,吴曾《能改斋漫录》五,叶大
庆《考古质疑》六所引作飔之本,疑亦非是。虽然,惟其字本
作俟,故一本得以声近误为飔。若作埃,则无缘别有作飔之
本矣。

欲少留此灵琐兮（琐一作璅）

案琐璅并当为薮，声之误也。（《说文》操读若薮，而古字枭巢音同，《说文》藻重文作藻，是璅音亦近薮。）此本作薮，以声误为璅，而璅与琐同，故又转写为琐。灵薮即上文之县圃。《周礼·职方氏》曰"雍州其泽薮曰弦蒲"，《说文》薮篆下亦曰"雝州弦圃"，弦蒲、弦圃即玄圃，亦即县圃。县圃为古九薮之一，以其为神灵所居，故曰"灵薮"。《十洲记·昆仑洲记》曰"其王母所道诸灵薮，禹所不履，唯书中夏之名山耳"，此则古称昆仑诸山为灵薮之实例。言昆仑，斯县圃在其中矣。

聊逍遥以相羊（逍遥一作须臾）

案敦煌旧抄《楚辞音释》残卷（下称敦煌本）作婹臾。

朝吾将济於白水兮（於一作乎）

季君镇淮云，《离骚》语法，凡二句中连用介词"於""乎"二字时，必上句用於，下句用乎。"朝发轫於苍梧兮，夕余至乎县圃"，"饮余马於咸池兮，总余辔乎扶桑"，"夕归次於穷石兮，朝濯发乎洧盘"，"览相观於四极兮，周流乎天余乃下"，"朝发轫於苍梧兮，夕余至乎西极"，胥其例也。若"於""乎"二字任用一字，亦必於在上句，乎在下句。"虽不周於今之人兮，愿依彭咸之遗则"，"步余马於兰皋兮，驰椒丘且焉止息"，"说操筑於傅岩兮，武丁用而不疑"，於字均在上句。（或字变作于，如"摄提贞于孟陬兮，惟庚寅吾以降"，"皇览揆余于初度兮，肇锡余以嘉名"，亦均在上句。）"冀枝叶之峻茂兮，愿俟时乎吾将刈"，"众皆竞进以贪婪兮，凭不厌乎求索"，"忳郁邑余侘傺兮，余独穷困乎此时也"，"悔相道之不察兮，延伫乎吾将反"，"忽反顾以游目兮，将往观乎四荒"，"鲧婞直以亡身兮，终然夭乎羽之野"，"何所独无芳草兮，尔何怀乎故宇"，"委厥美以从俗兮，苟得列乎众芳"，"及余饰之方壮兮，周流观乎上下"，"灵氛既告余以吉占兮，历吉日乎吾将行"，"国无人莫我知兮，又何怀乎故都"，是也。此文"朝吾将济於白水兮，登阆风而緤马"，正符上句用"於"之例。一本於作乎，则非例，断不可从。案季说是也。

吾令蹇修以为理

案《路史·后纪》注一引《文选》五臣本蹇作謇，最是。謇，吃也。上云"解佩纕以结言"，下云"令謇修以为理"，盖谓令謇吃之人为媒，结言而往求彼美，必难胜任，亦后文理弱媒拙（诎），导言不固之意。求宓妃则謇修不良于言，求有娀则鸩鸠皆谗佞难任，求二姚又理弱媒拙，三求女而无成，总坐无良媒故尔。合观三事,义可互推。

王逸乃以謇修为伏羲臣名,翟灏、章炳麟又并牵合《尔雅》"徒鼓钟谓之修,徒鼓磬谓之謇"之文,谓以謇修为理,即以声乐达情,意者皆不知字本当作謇而强说之也。

索藑茅以筳篿兮(《文选》藑作琼)

案《尔雅·释草》曰"葍,藑茅",《说文》曰"藑茅,葍也",字并作藑。疑此亦以作藑为正。敦煌本亦作藑。筳篿,《玉烛宝典》八,《类聚》八二,五百家注《韩集》八《城南联句》祝《注》引并作筳筵,于义为长。古卜筮之具或用竹,或用草。(《御览》七二七引《归藏·本筮篇》曰"著末大于本为上吉,蒿末大于本次吉,荆末大于本次吉,箭末大于本次吉,竹末大于本次吉。著一五神,蒿二四神,荆三三神,箭四二神,竹五一神"。案著蒿荆,草类,箭竹,竹类也。)此云"索藑茅",明是以草卜(宋周去非《岭外代答》记南人茅卜法甚详),故知下"筳筵"字亦当从艸。("筳筵"动词,本作挺拪。挺拪双声连语,犹拪也,拪与揣同,数也。(《说文》"耑,数也",揣耑同。)字或作耑。《卜居》曰"詹尹乃端策拂龟",《淮南子·说山篇》曰"筮者端策","端策"并犹《韩非子·饰邪篇》"凿龟数策"之数策也。)王《注》曰"楚人名结草折竹以卜曰筳(原脱筳字,从两《汉书》注补,引见下)篿"。草竹并用,于古未闻。观《汉书·扬雄传》注曰"筳筵,折竹所用卜也",《后汉书·方术传序》注曰"挺专,折竹卜也",俱无"结草"二字,疑王《注》亦本无此二字。注释音辨《柳先生集》一四《天对》潘《注》引本书王《注》正无"结草"二字。盖别本莚菇字从艹,旧《注》云"结草以卜",王本字从竹,《注》云"折竹以卜",后人两合而并存之,遂如今本。然正因今本《注》中误衍"结草"二字,转足推知众家旧本正文"莚菇"二字确有从艹作者尔。

孰信修而慕之

案慕与占不叶,义亦难通,郭沫若氏谓当为"莫□"二字,因下一字缺坏,写者不慎,致与"莫"误合为一而成慕字。案郭说是也。惟谓所缺一字,耽钦琛探寻朋等必居其一,则似不然。知之者,此字必其音能与"占"相叶,其义又与"求美"之事相应,此固不待讨论,而字形之下半尤必须能与"莫"相合而成"慕"。今郭氏所拟,音固合矣,义亦庶几近之,于形则殆无一能与"莫"合而成"慕"者,于以知其不然。余尝准兹三事以遍求诸与"占"同韵之侵部诸字中,则惟"念"足以当之。"念"缺其上半,以所遗之"心"上合于"莫",即"慕"之古体"慕"(《杨统碑》《繁阳令碑》,慕字如此作)矣。念,思也,恋也,"孰信修而莫念之",与上下文义亦正相符契。郭氏殆失之眉睫耳。夫此文占慕失韵,久成疑案。朱子二"之"字为韵之说,固近臆测,后之说者亦未有以易之,故亦莫敢定其必非。逮至近人王树枬、刘永济二氏始谓占为卜之讹,"卜"与"慕"侯鱼合韵,余尝疑其所见视朱子为后来居上矣。及见庞元英《文昌杂录》二引此文正作卜，则益私喜其说之果信而有征。今复谛审《骚》文，乃恍然于二氏之说之非也。遍考古书，凡言筮者，皆自筮而神占之。《北堂书钞》一三二引《归藏·启筮篇》曰"昔女娲筮张云幕，而枚占于(古语省略，围内字探文义暂补。后仿此)神明，神明占之曰'不吉'"。《初学记》二〇引《归藏》曰"昔者河伯筮与洛战，而枚占于昆吾，昆吾占之，'不吉'"。《书钞》八二引《归藏》曰"昔夏后启筮享神于大陵而上钧台，枚占于皋陶，皋陶曰'不吉'"。《御览》九二九引《归藏·郑母经》曰"昔夏后启筮乘飞龙以登于天，皋陶占之曰'吉'"。又八二引《归藏》曰"昔者桀筮伐唐而枚占于荧惑，荧惑曰'不吉'"。《路史·后纪》注五引《归藏》曰"武王伐商，枚占于耆老，耆老曰'不吉'"。《续汉书·天文志》上引《灵宪》曰"羿请不死之药于西王母，姮娥窃之以奔月，将往，枚占之于有黄，有黄占之曰，'吉'"。《荀子·赋篇》曰"臣愚而不识，请占之五泰，五泰占之曰'……'"本书《九章·惜诵》亦曰"吾使厉神占之兮"。凡此悉与此文"命灵氛为余占之"同例。后文"欲从灵氛之吉兮"，又"灵氛既告余以吉占兮"，俱曰占，不曰卜，尤其确证。王注本文曰"灵氛;古之明占吉凶者"，《汉书·扬雄传》注引晋灼说曰"灵氛，古之善占者"，足证汉人所见《离骚》字亦作占。然则此文之误，不在占字，明甚。至《杂录》所引，自是彼书之误，不得反据以疑《离骚》也。世或有利王刘说之简易而轻信之，且将引《杂录》以张其军者，

余故豫为辞而 辟 之,附著于篇焉。(前引《文昌杂录》,据《学津讨原》本。顷见《文选旁证》二七引。《杂录》字仍作占,不知所据何本。《旁证》所引,苟非依今本《楚辞》改转,则世之欲助王刘二氏为说者,益可以不攻自破矣。)

尔何怀乎故宇(宇一作宅)

案一本作宅,非是。洪兴祖曰"若作宅,则与下韵"。洪意殆谓"宇"去声,与下文"恶"入声不叶,改作"宅"则叶也。实则上文索与妒韵,路与索韵,固与恶(入声美恶之恶)韵,皆去入通叶。即如本文以女女(汝)宇恶四字为韵,若嫌宇与恶不叶,而必欲改宇为宅以叶之,则女汝亦去声也,又将改为何字乎?《文选》亦作宇,诸本并同。

览察草木其犹未得兮岂珵美之能当苏粪壤以充帏兮谓申椒其不芳

案此文疑当作"苏粪壤以充帏兮,谓申椒其不芳,览察草木其犹未得兮,岂珵美之能当"。服艾盈要而弃兰弗佩,苏壤充帏而谓椒不芳,二者事既同类,则文亦当毗邻。"览察草木"二句,与上文"民好恶"二句,皆贵艾壤贱椒兰者之总评,故当分置首尾,使遥相呼应。今本四句中,上二句与下二句互易,则鳃理乱而文义晦矣。姑著此疑,以俟达者。

九疑缤其并迎（疑一作嶷）

案王鏊本,朱燮元本,大小雅堂本亦作嶷。

时亦犹其未央

案"犹其"二字当互乙。上文"虽九死其犹未悔","唯昭质其犹未亏","览余初其犹未悔","览察草木其犹未得兮",并作"其犹未",可证。王《注》曰"然年时亦尚未尽",正以"尚未"释"犹未",是王本未倒。

椒专佞以慢慆（慢一作谩,慆一作诌）

案《文选·祭屈原文》注引作谩诌。《北堂书钞》(后称《书钞》)三〇,《类聚》八九,叶廷珪《海录碎事》五引并作慢诌。

固时俗之流从兮（一作从流）

案当从一本作从流。"从流"古之恒语。《孟子·梁惠王下篇》曰"从流下而忘反谓之流,从流上而忘反谓之连",本书《哀郢》曰"顺风波以从流兮",《九叹·怨思》曰"愿(原误顾)屈节以从流兮"。《诗·伐檀》释文引《韩诗薛君章句》"顺流而风曰沦",《文选·雪赋》注引作从流,《晏子春秋·谏下篇》"顺流九里",《类聚》八六,《御览》九三二并引作从流,是从流即顺流也。王《注》曰"随从上化,若水之流",是王本正作从流。《文选》亦作从流。钱本,王鏊本,朱燮元本,大小雅堂本并同。

驾八龙之婉婉兮（《释文》婉作蜿）

案《汉书·扬雄传》注引晋灼说,《后汉书·张衡传》注,《文选·思玄赋》注,王伯大重编《朱校昌黎先生集》一《南山诗》注引并作蜿。朱本同。

九　歌

东皇太一

瑶席兮玉瑱（瑱一作镇）

案《书钞》一三三,《类聚》六九引亦作镇。《周礼·天府》"凡国之玉镇,大宝器,藏焉,若有大祭大丧,则出而陈之",注曰"故书镇为瑱,郑司农读瑱为镇"。本篇之玉瑱即《天府》之玉镇。《史记·封禅书》曰"公卿言皇帝始郊见太一于云阳,有司奉瑄玉嘉牲荐飨"。汉祭太一盖循楚故事,瑄玉即此文之玉镇,嘉牲即下文之肴蒸也。瑶与璗,席与藉,并古字通,瑶席谓以璗草为藉以承玉。(玉镇以璗为藉,亦犹下文肴蒸以兰为藉。凡执玉必有缫藉,见《仪礼·聘礼记》《周礼·典瑞》《礼记·玉藻》等注)下文"盍将把兮琼芳",琼谓玉镇,芳谓瑶(璗)席,镇与席为二,故曰"盍(合)将把"也。王《注》谓席为坐席,以玉镇之,非是。

蕙肴蒸兮兰藉（蒸一作烝）

案《类聚》七二，虞载《合璧事类·外集》四引亦作烝。《文选·王元长〈三月三日曲水诗序〉》注，陈善《扪虱新语》上四引肴并作殽。《仪礼·特牲馈食礼》曰"若有司私臣，皆殽脀"，《周语》中曰"定王飨之殽烝"，又曰"亲戚宴飨则有殽烝"，"肴烝"与"全烝""房烝"对举。肴蒸即殽脀，殽烝，肴烝，谓体解节折之俎也。王《注》训蒸为进（动词），后世遂有谓"蕙肴蒸"即蒸蕙肴，与"奠桂酒"为蹉对者（《梦溪笔谈》一五），其失远矣。

扬枹兮拊鼓

案本篇通例，无间两句叶韵者，此不当独为例外，疑此句下脱去一句。

云中君

聊翱游兮周章

案王《注》曰"周章犹周流也，言云神居无常处，动则翱翔周流往来且游戏也"，据此则王本正文"翱游"作"翱翔"。

原本《玉篇·音部》,《文选·沈休文〈齐安陆昭王碑文〉注,慧琳《一切经音义》二七,王观国《学林》五所引并作翱翔,与王本合,当据改。

湘　君

美要眇兮宜修（一本宜上有又字）

　　案修疑当为笑,声之误也。古韵笑在宵部,修在幽部,最近。此段本以幽部字为韵,笑误为修者,盖受下文韵脚之同化而改。本书屡言"宜笑",《山鬼》曰"既含睇兮又宜笑",《大招》曰"靥辅奇牙,宜笑嫣只",又曰"嫮目宜笑,娥眉曼只"。又司马相如《上林赋》亦曰"皓齿粲烂,宜笑的皪"。案诸宜字并读为龂。《字镜》曰"龂,齿也",《集韵》曰"齘,齿病"。《后汉书·梁统传》载冀妻孙寿"善为妖态,作龋齿笑以为媚惑",龋笑犹龋齿笑矣。《集韵》又曰"齘龂,齿露貌"。《山鬼》王《注》曰"又好口齿而宜笑也",《白帖》二四引某氏《注》曰"宜笑,齿白也",二一又引曰"皓齿也"。诸家虽未必读宜为龂,然皆以齿见状笑貌,则与《集韵》训齘龂为齿露貌暗合。夫古人形容美貌,独重视笑,故每以目与口齿并言。《诗·硕人》曰"巧笑倩兮,美目盼兮",《山鬼》曰"既含睇兮又宜笑",《大招》曰"嫮目宜笑",此类不胜枚举。本篇曰"美要眇兮宜笑",要眇即腰眇,或倒之曰眇瑶,皆窃视貌也。要眇宜笑,亦目与口齿并举之例。又案本篇韵例,惟一、二两句连叶,过此则仅叶四六八……,凡三五九……有韵者皆驳文。(说详《东君》"撰余辔兮高驼翔"条。)今本此文作修,则是第三句有韵,于例不合,此亦足证其必为误字也。笑既误作修,王《注》遂训为饰,且读宜如字,失之远矣。

薜荔柏兮蕙绸(柏一作拍)

案柏拍皆帕之误。帕帛古本同字。"薜荔帕兮蕙绸,荪桡兮兰旌"二句俱属旗言,缭斿斾斿之属谓之帛,所以缠杠者谓之绸,杠上曲柄以悬帛者谓之桡,缀旄羽之属于杠首谓之旌也。此言以薜荔为帛,以蕙缠杠,以荪为桡,复缀兰以为旌。王《注》读柏为搏壁之搏,谓以薜荔搏壁,殆不可凭。

隐思君兮陫侧

案陫侧即悱恻,萧士赟《李太白集注》二二《代寄情楚词体》注引正作悱恻。

鼂骋骛兮江皋(鼂一作朝)

案《文选·谢灵运〈从游京口北固应诏诗〉》注,谢惠连

《泛湖归出楼中玩月诗》注,五百家注《韩集》一《复志赋》樊《注》,《合璧事类·外集》五引并作朝。鼂朝古通。

遗余佩兮醴浦(醴一作澧)

案《书钞》一二八,《类聚》六七,《初学记》六,又八,又二六,《合璧事类·外集》五,又三七,《文选·祭屈原文》注,《书·禹贡》疏,注释音辩《柳先生集》四二,《酬韶州裴曹长使君寄道州吕八大使因以见示二十韵》一首□注,胡稚《简斋诗集笺注》四《送张仲宗押载归闽中注》引并作澧。朱本,朱燮元本,大小雅堂本同。

湘夫人

目眇眇兮愁予(予一作余)

案予读为盰。(《左传·襄四年》"后杼",《路史·后纪》十三下《注》作杼,引《尚书中候》作予,《史记·三代世表》索隐作宁。《管子·小匡篇》"首戴苎蒲",《齐语》作芧(今误茅)。金文《颂鼎》"贮廿家",又"贮用宫御",《格伯簋》"厥贮卅田",贮王国维并读为予。)《说文》曰"盰,长眙也",又曰"眙,直视也"。(今语转为瞪)《思美人》曰"思美人兮擥涕而伫眙",即眝眙。"目眇眇兮愁眝"者,目眇眇即愁眝之状。一本予作余,朱燮元本,大小雅堂本并同,大谬。

白薠兮骋望（薠或作蓣,一本此句上有登字）

案当从一本于句上补登字。一本薠误为蓣,读者以为水上之草,不可登履,因删登字以就之也。实则薠为陆生之草（详《招隐士》"薠草靃靡"条）,故可登履之。（《广雅·释诂》一"蹬,履也",蹬登同。）《合璧事类·外集》五,《李太白集注》一《悲清秋赋》注引有登字,朱本元本,王鏊本,朱燮元本,黄省曾本,大小雅堂本亦有。

与佳期兮夕张（一本佳下有人字,一云与佳人兮期夕张）

案当从一本于佳下补人字。下文"闻佳人兮召予",亦作佳人,可资互证。（魏文帝《大墙上蒿行》"与佳人期为乐康",句法仿此。）《文选·谢希逸〈月赋〉》注,《谢玄晖〈晚登三山还望京邑〉》注引并作佳人。

鸟萃兮蓣中（一本萃上有何字）

案当从一本补何字。"鸟何萃兮蓣中"与下"罾何为兮木上"句法一律。下文"麋何食兮庭中,蛟何为兮水裔",语例同。《御览》八三四,《合璧事类·外集》五,引有何字。朱本,王鏊本,朱燮元本,黄省曾本,大小雅堂本亦有。

罔芳椒兮成堂（一云播芳椒兮盈堂）

案成犹饰也。《仪礼·士丧礼》"献素献成亦如之",注曰"饰治毕为成"。案成与素对举,未饰者曰素,已饰者曰成也。垩饰室壁,亦谓之成。《周礼·掌蜃》"共白盛之蜃",注曰"盛犹成也,谓饰墙使白之蜃也",《考工记·匠人》"白盛",注曰"盛之言成也,以蜃灰垩墙,所以饰成宫室"。"罔芳椒兮成堂"者,以椒入泥,用饰堂壁也。古者以椒泥壁。《类聚》八九引《汉官仪》曰"皇后称椒房……以椒涂室,亦取其温暖,除恶气也"。(末四字从《后汉·皇后纪》注引补)《邺中记》曰"石虎以胡粉和椒泥壁,曰椒房"。《世说新语·汰侈篇》曰"石崇以椒为泥,王恺以赤石脂泥壁"。《汉武故事》曰"上起神屋……以赤白石脂为泥,椒汁和之",则又神堂以椒泥壁之例。一本成作盈,王鏊本,朱燮元本,大小雅堂本并同,此学者不知成义而臆改。《类聚》六一,又八九,《御览》九五八,《合璧事类外集》五,戴埴《鼠璞》引并作成,不误。

疏石兰兮为芳

案芳疑当为防,字之误也。《荀子·正论篇》曰"居则设

张(帐)容负依而坐"，《尔雅·释宫》"容谓之防"，郭《注》曰
"如今床头小曲屏风，唱射者所以自隐"。案平居时负依而
坐，唱射时设以自隐，其用异，其制同，皆防之类也。实则防
屏一声之转(《本草》"防风一曰屏风")，防即屏尔，故郭云
如小曲屏风。上云"玉白兮为镇"，谓坐席之镇，此云"疏石
兰兮为防"(王《注》"疏，布陈也")，谓坐旁之屏，二者皆席
间所设之物，故连类并举。今本防误作芳，则篇中所言香草
众矣，皆取其芬芳，奚独石兰？以是明其不然。

芷葺兮荷屋(一本葺下有之字)

案当删芷字，从一本于葺下补之字。(此因之先倒在葺
上，文不成义，读者以篆书之止形近，遂改之为芷，即成今
本。一本又据未倒之本于葺下仍补之字，则成"芷葺之兮荷
屋"。)"葺之兮荷屋"与上文"葺之兮荷盖"句法文义并同。
屋古幄字，荷屋犹荷盖(《独断下》"黄屋者盖以黄为里也"，
《汉书·陆贾传》注"黄屋谓车上之盖也")，皆谓荷叶耳。"葺
之兮荷屋"，又与下"缭之兮杜衡"文相偶俪。缭读为橑，所
以承苦盖者。以杜蘅为橑，以荷叶盖之，亦连类并举。

大司命

君回翔兮以下（以一作来）

　　案以当从一本作来。本篇除《山鬼》《国殇》外，兮字俱兼有文法作用，故皆可以某虚字代之。《湘君》"九嶷缤兮并迎"，《离骚》兮作其。《东君》"载云旗兮委蛇"，《离骚》兮作之。又《湘君》曰"遭吾道兮洞庭"，《离骚》曰"遭吾道夫昆仑兮"。《东君》曰"杳冥冥兮东行"，《哀郢》曰"杳冥冥而薄天"。《大司命》曰"结桂枝兮延伫"，《离骚》曰"结幽兰而延伫"。是"兮"之用犹其也，之也，夫也，而也。又《类聚》八八，《御览》九五三引《湘君》"搴芙蓉兮木末"，《海外西经》注引"水周兮堂下"，《史记·夏本纪》索隐引"遗余佩兮醴浦"，《御览》四六八引《少司命》"乐莫乐兮新相知"，兮并作于。《文选·叹逝赋》注引《湘君》"夕弭节兮北渚"，《说文系传》一六引《湘夫人》"遗余褋兮醴浦"，兮并作于。重编《朱校昌黎先生集》一《复志赋》方《注》引《湘君》"鼍骋骛兮江皋"，《说文系传》二八引《大司命》"导帝之兮九坑"，《文选·谢灵运〈南楼中望所迟客诗〉》注引"将以遗兮离居"，慧琳《一切经音义》二一引《少司命》"罗生兮堂下"，同书九八引《东君》"暾将出兮东方"，兮并作乎。《文选·思玄赋》注引《大司命》"将以遗兮离居"，兮又作夫。《御览》一七四引《湘夫人》

"葺之兮荷盖",一本"疏石兰兮为芳",兮并作以。《御览》七〇〇引《湘夫人》"罔薜荔兮为帷",一本《大司命》"不寖近兮愈疏",兮并作而。《御览》七五引《湘君》"望涔阳兮极浦",《白帖》六四引"横流涕兮潺湲",兮并作之。凡此诸兮字,作者本皆用以代替各虚字,故读者意之所会,临文改写,有不期其然而然者焉。"君回翔兮来下"犹"君回翔而来下",兮所以代"而"者也。诚如今本来作以,试读"君回翔兮以下"为"君回翔而以下",古今安得有此语法哉?

导帝之兮九坑（坑一作阬,《文苑》作冈）

案《文苑》作九冈,最是。九冈,山名。《舆地□□》(曩见清人某引此条作《舆地广记》,今检《广记》,并无此文。疑《广记》或《纪胜》之误。客中无书,容待续检),荆州松滋县有九冈山,郢都之望也。(《古今图书集成·方舆汇编·职方典》荆州府部《山川考》二之五松滋县"九冈山,去县治九十里,秀色如黛,蜿蜒虬曲"。)《左传·昭十一年》"楚子灭蔡,用隐太子于冈山",《释例》曰"土地名冈山,阙不知其处,《经》言'以归用之',必是楚地山也"。案冈山即九冈山,郢都之望,故楚人献馘于此,祀神亦于此,杜氏未之深考之耳。

灵衣兮被被

案灵当为云,字之误也。(《汉书·古今人表》"云都",《春秋世族谱》作灵都。《后汉书·顺帝纪》"登云台",《章帝纪》作灵台。《管子·内业篇》"是谓云气,意行似天",丁士涵云云当为灵。《海内北经》"冰夷人而乘两龙",注"画四面,各乘灵车,驾二龙",《御览》六一引作云车。本书《九思·悯上》"思灵泽兮一膏沐",灵一作云。俗书灵作霝(唐《内侍李辅光墓志》),与云形近易混。)云衣与玉佩对文。《东君》曰"青云衣兮白霓裳",亦言云衣。《九叹·远逝》曰"服云衣之披披",则全袭此文。(本篇被一作披,《书钞》一二八,《类聚》六七,《御览》六九二,《文选》潘安仁《寡妇赋》注引并同。)《书钞》一二八,《御览》六九二引此正作云,尤其确证。

少司命

绿叶兮素枝(枝一作华)

案"素枝"义不可通,枝当从一本作华。王《注》曰"吐叶垂华,芳香菲菲",是王本正作华。《文选》李善本亦作华。《乐府诗集》六四《秋兰篇》解题,高似孙《纬略》一二,《合璧事类·外集》四引并同。

夫人自有兮美子

案此上似阙二句。《大司命》《少司命》二篇,以乐调相同之故,本皆十四行二十八句。此以下文衍"与女游兮九河,冲风至兮水扬波"二句,全篇共得十五行,三十句,后人以其视《大司命》溢出二句,乃私删此二句以求合于《大司命》也。不知《大司命》《少司命》二篇组织皆以三韵四句为一解,一如后世绝句之体。本篇篇首"秋兰兮麋芜"等四句一意,当为一解,下文自"秋兰兮青青"以后亦然。今删去二句,惟余"夫人自有兮美子"二句,不足一解,则不惟与全篇结构不一律,抑且与《大司命》之辞不能同一乐调矣。(此意孙君作云所发。)

荪何以兮愁苦(以一作为)

案以当从一本作为。本篇兮字除《山鬼》《国殇》外,皆兼具虚字作用,说已详上。此兮字犹而也。"荪何为兮愁苦"即"荪何为而愁苦"。今本为作以,试以"而"代"兮",读全句为"荪何以而愁苦",不辞甚矣。

与女游兮九河冲风至兮水扬波(王逸无注,古本无此二句)

洪兴祖曰"此二句《河伯》章中语"。案洪说是也。《河伯》"冲风起兮横波",一本兮下有水字(王鳌本,朱燮元本,大小雅堂均有)与此同,而《文选》载本篇至作起(《合璧事类·外集》四引同),又与彼同,是二篇之异,惟在波上一字,一作横,一作扬耳。然蔡梦弼《草堂诗笺补遗》七《枯柟》注引《河伯》曰"冲风起兮扬波",任渊《后山诗注》三《次韵苏公涉颍》注引"冲风起兮扬波",又引注曰"冲,隧也",今此语在《河伯》注中,知所引正文亦出彼篇。然则《河伯》二句与此全同矣。洪谓此是《河伯》中语,信然。考《九歌》旧次,《河伯》本与《少司命》衔接(说详下条),此本《河伯》篇首二句,写官不慎,误入本篇末,后人以其文义不属,又见上文适有"与女沐兮咸池,晞女发兮阳之阿"二句,与此格调酷似,韵亦相叶,因即移附其后,即成今本也。

东　君

案《九歌》十一章皆祀东皇太一之乐章,就中"吉日兮辰良"章(旧题"东皇太一"非是)为迎神曲,"成礼兮会鼓"章(旧题"礼魂",非是)为送神曲,其余各章皆为娱神之曲也。诸娱神之曲,又各以一小神主之,而此诸小神又皆两两相偶,共为一类。今验诸篇第,《湘君》与《湘夫人》相次,《大司命》与《少司命》相次,《河伯》与《山鬼》相次,《国殇》与《礼魂》相次(洪兴祖曰"或曰《礼魂》,以礼善终者"。案此说得之。《国语·楚语》下"卿大夫祀其礼",韦《注》曰"礼谓五祀及其祖所自出",此礼字义盖同。然《礼魂》之曲,实有目无辞。其"成礼兮会鼓"章,本全歌之送神曲,后人以求《礼魂》之辞不得而逐题送神曲曰"礼魂",妄也),都凡四类,各成一组,此其义例,皆较然易知。惟《东君》与《云中君》,皆天神之属,宜同隶一组,其歌词宜亦相次。顾今本二章部居县绝,无义可寻,其为错简,殆无可疑。今谓古本《东君》次在《云中君》前。《史记·封禅书》《汉书·郊祀志》并云"晋巫祠五帝东君云中君",《索隐》引王逸亦云"东君云中君见《归藏》易"(今本注无此文),咸以二神连称,明楚俗致祭,诗人造歌,亦当以二神相将。且惟《东君》在《云中君》前,《少司命》乃得与《河伯》首尾相衔,而《河伯》首二句乃得阑入《少司命》中耳。(互详上条)

箫钟兮瑶簴(箫一作萧)

案一本作萧,盖撞之省,箫则萧之误。(涉下钟字为乐器名而误)洪迈《容斋续笔》十五引蜀客所见本作撞,又引蜀客说云"《广韵》训为'击也',盖是击钟,与'縆瑟'为对耳",是古本箫作撞之证。瑶王念孙读为摇。案疑摇之误字。"撞钟"与"摇簴"对文,言击钟甚力,致其簴为之动摇也。

撰余辔兮高驼翔（驼一作驰，一无此字）

案疑当作"高驼"（同驰），无翔字。《大司命》"高驼兮冲天"，《离骚》"神高驼之邈邈"，皆曰高驼，可资参证。此句本不入韵，今本有翔字，盖受下句韵脚"行"字之暗示而误加一韵也。

杳冥冥兮以东行（一本无以字）

案当从一本删以字。此句"兮"之作用同"而"，"杳冥冥兮东行"犹"杳冥冥而东行"也。（《哀郢》"杳冥冥而薄天"，《九辩》一本同。）今本有以字，则全句读为"杳冥冥而以东行"，不辞甚矣。（互详"君回翔兮以下"条。）

河 伯

日将暮兮怅忘归

刘永济氏疑怅当为憺。案刘说是也。此涉《山鬼》"怨公子兮怅忘归"而误。知之者，王《注》曰"言己心乐志悦，忽忘还归也"，"心乐志悦"与怅字义不合。（怅当训失志貌，故

《山鬼》注曰"故我怅然失志而忘归"。)《东君》"观者憺兮忘归",注曰"憺然意安而忘归",《山鬼》"留灵修兮憺忘归",注曰"心中憺然而忘归"。乐悦与安闲义近。此注以"心乐志悦"释憺,犹彼注以"意安"释憺也。且《东君》曰"心低徊兮顾怀……观者憺兮忘归",本篇曰"日将暮兮忘归,惟极浦兮顾(今讹作寱,详下)怀",两篇皆曰"憺忘归",又曰"顾怀",此其词句本多相袭,亦可资互证。

惟极浦兮寱怀

案"寱怀"无义,寱疑当为顾,声之误也。《东君》曰"心低徊兮顾怀",扬雄《反骚》曰"览四荒而顾怀兮",魏文帝《燕歌行》曰"留连顾怀不能存",是顾怀为古之恒语。顾,念也(《礼记·大学》郑《注》),怀亦念也。"惟极浦兮顾怀",犹言惟远浦之人是念耳。王《注》训寱为觉,是所见本已误。

紫贝阙兮朱宫(《文苑》作珠宫)

案当从《文苑》作珠宫。此以贝阙珠宫对文,犹《九叹·逢纷》"紫贝阙而玉堂",以贝阙玉堂对文也。《御览》一七三,又八〇七,《事类赋注》六,谢维新《合璧事类·前集》七,任渊《山谷内集》三《次韵曾开舍人游藉田载梅花归》注,又六《以团茶洮州绿石研赠无咎》文潜《注》所引并作珠。苏轼

《海市诗》曰"岂有贝阙藏珠宫",所见本亦作珠。

流澌纷兮将来下

案《说文》"澌,水索也","澌,流㳄也"。王《注》曰"流澌,解冰也",似王本澌作澌。然详审文义,似仍以作澌为正。《淮南子·泰族篇》曰"虽有腐骴流澌(原误澌,从庄逵吉改),弗能污也",许《注》曰"澌,水也",《七谏·沉江》曰"赴湘沅之流澌兮,恐逐波而复东",《论衡·实知篇》曰"沟有流澌"(原误壅,从孙诒让改),是流澌即流水也。纷读为汾,水涌貌。"流澌汾兮将来下",即流水汾涌而来下也。《说文》澌训水索,此别一义。学者多知澌训水索而少知其训水,因改此文澌为澌,王逸承之,过矣。

子交手兮东行(一本子上有与字)

案《汉书·武五子燕刺王旦传》"诸侯交手事之八年",注曰"交手谓拱手也",《淮南子·缪称篇》曰"交拱之木,无把之枝",交拱连词,交亦拱也。一本于子上增与字,误甚。《初学记》一八,《文选·江文通〈别赋〉》注,《苏东坡诗集》注二〇《潘推官母李氏挽辞》注引并无与字。朱本同。

鱼邻邻兮媵予（邻一作鳞）

案一本作鳞，正字。鳞鳞，比次貌。《容斋三笔》一五，《鼠璞》，《后山诗注》四《湖上》注引并作鳞。王鏊本，朱燮元本，大小雅堂本同。

山　鬼

被薜荔兮带女罗（罗一作萝）

案《宋书·乐志》三，《类聚》一九，《御览》三九一，又九九四，《合璧事类·前集》六九，《文选·谢灵运〈从斤竹涧越岭溪行诗〉》注引并作萝。朱燮元本，大小雅堂本同。

君思我兮然疑作

案本篇例于韵三字相叶者，于文当有四句。此处若柏作三字相叶，而文只三句，当是此句上脱去一句。《礼魂》

"姱女倡兮容与"上亦有脱句,例与此同。

国　殇

操吴戈兮被犀甲

王《注》曰"或曰'操吾科',吾科,楯之名也"。案下文"车错毂兮短兵接",《注》曰"短兵,刀剑也"。既系短兵相接,而戈乃长兵,则所操非吴戈明甚。且刀剑戈戟,亦无并操之理。此自当以作"吾科"为得。《释名·释兵》曰"盾,大而平者曰吴魁",《广雅·释器》曰"吴魁,盾也",《御览》三五六引作吴科,魁科一声之转。(《后汉书·东夷传》"大率皆魁头露紒",注曰"魁头犹科头也"。)盾甲皆所以备扞卫,故操科被甲,连类言之。

左骖殪兮右刃伤

案刃当为刅,字之误也。《说文》曰"刅,伤也",重文作创。此以"殪"与"刅伤"对举。王《注》训伤为创(《说文》"伤,创也"),似不知句中已有创字,则所见本已误。

严杀尽兮弃原野

案严本作庄,避汉讳改。(《天问》"能流厥严",严亦改庄。)庄读为戕。(《易丰释文》引郑《注》,"戕,伤也"。《大壮释文》引马《注》,"壮,伤也",壮庄古同字。)《周书·谥法篇》曰"兵甲亟作曰庄","屡征杀伐曰庄","死于原野曰庄",庄皆读为戕也。此曰"庄杀尽兮弃原野",亦谓戕杀尽而弃于原野。王《注》曰"严,壮也……言壮士尽其死命,则骸骨弃于原野",训严为壮勇之壮,失其义矣。

平原忽兮路超远 (一云平原路兮忽超远)

案《方言》六曰"伆,邈,离也,楚谓之越,或谓之远,吴越曰伆"。忽伆通。《荀子·赋篇》曰"忽兮其远之极也",本书《怀沙》曰"道远忽兮",字并作忽。"平原忽"与"路超远",只是一义,而变文重言之以足句,此与上文"出不入兮往不返"词例正同。一本以忽字倒在兮下,非是。《书钞》一一八,《文选·王简栖〈头陀寺碑文〉》注引亦作"平原忽兮路超远",诸本并同。

首身离兮心不惩 (身一作虽)

案《战国策·秦策》四曰"首身分离，暴骨草泽"，崔琦《外戚箴》曰"甲子昧爽，身首分离"，又班彪《北征赋》曰"首身分而不寤兮"。"首身分离"自是古之恒语。一本身作虽，非是。《书钞》一一八所引，及元本，王鏊本并误与一本同。

子魂魄兮为鬼雄（一云魂魄毅，一云子魄毅）

案当从一本作"魂魄毅"。王《注》曰"魂魄武毅，长为百鬼之雄也"，是王本有毅字。《文选·鲍明远〈出自蓟北门行〉》注引亦作"魂魄毅"。朱本，元本，王鏊本，朱燮元本，黄省曾本，大小雅堂本并同。

礼　魂

姱女倡兮容与

案以韵例求之，此上似敓一句，说详《山鬼》"君思我兮然疑作"条。

天　问

遂古之初

案遂读为邃。《后汉书·班固传》注，《御览》一引正作邃。

夜光何德

案德读为得。"夜光何得，死则又育"，问月何所得以能死而复生（《孙子·虚实篇》"月有死生"），意盖谓其尝得不死药也。《淮南子·览冥篇》曰"羿请不死之药于西王母，姮娥窃以奔月"，《书钞》一五〇引《归藏》曰"昔常娥以西王母不死之药服之，遂奔为月精"，是其事。（傅玄《拟天问》曰："月中何有，白兔捣药？"）《书钞》一五〇，《事类赋注》一引德并作得。

死则又育

案则犹而也。"死则又育"犹言死而复生。《类聚》一，《初学记》一，《御览》四，《事类赋注》一，《海录碎事》一，《锦绣万花谷后集》一引则并作而。

伯强何处

案何当为安。"伯强何处，惠气安在"，二句平列（伯强，北方主司寒风之神，惠气，即寒风也），下句"在"为动词，"安"为疑问代名词，上句"处"亦动词，"何"亦疑问代名词也。然本篇通例，凡表方位之疑问代名词皆用"安"或"焉"（用安者十二见，用焉者十四见），无用"何"者。（"何所"二字连同时，不在此例。）有之，惟此文之"何处"，及下文"鲮鱼何居"（居今误所，此从一本）二例，疑皆传写之误。此文本作"伯强安处"，与下"惠气安在"句同字，学者误读"处"为名词，因改"安"为"何"以就之也。《御览》一五引此正作安，是其确证。

伯禹愎鲧（愎一作腹）

案"禹""鲧"二字当互易，愎当从一本作腹。《广雅·释诂》一曰"腹，生也"。腹训生者，字实借为孚。玄应《一切经音义》二引《通俗文》曰"卵化曰孚",《玉篇》曰"孵,卵化也",《集韵》曰"孵,化也",孚孵同,化亦生也。《夏小正》曰"鸡桴粥",《乐记》曰"煦姁覆育万物",桴粥、覆育并即孚育,犹化育也。覆与腹通。"伯鲧腹禹"者,《海内经》注引《归藏·启筮篇》曰"鲧死三岁不腐,剖之以吴刀,化为黄龙",《初学记》二二,《路史·后纪》注一二并引作"鲧极死,三岁不腐,副之以吴刀,是用出禹"。据此,则传说似谓鲧为爬虫类,卵化而成禹,此正问其事,故下云"夫何以变化"也。(《说郛》五引《遁甲开山图荣氏解》曰"女狄暮汲石钮山下泉水中,得月精如鸡子,爱而含之,不觉而吞,遂有娠,十四月生夏禹"。《史记·夏本纪》正义引《蜀王本纪》曰"禹母吞珠孕禹,坼副而生"。《路史·后纪》十二曰"以六月六屠鼍而生禹"。以上传说均已由鲧生禹变而为鲧妻生禹,然云吞月精如鸡子,云剖坼而生,则卵化之遗意犹存焉。又《玉篇》鲧或作鲲,而《礼记·内则》注曰"卵读曰鲲",是"鲧""卵"古为一语。传说中鲧即卵,故或云"剖之以吴刀",或云孵化而生也。)《海内经》曰"帝令祝融杀鲧于羽山之郊,鲧复生禹",复生即腹生,谓鲧化生禹也。(《中山经》"南望墠堵,禹父所化",盖即羽山。)《海内经》之"鲧复生禹",即《天问》之"伯鲧腹禹"矣。王《注》曰"鲧愚恨愎而生禹",愎本一作腹。疑古本《天问》正作"伯鲧腹禹",王误读腹为愎,后人遂援《注》以改正文耳。朱本,元本,王鳌本,朱燮元本,大小雅堂本并作腹。注释音辩《柳先生集》(下称《柳集》)一四附载《天问》同。

河海应龙何尽何历（一云应龙何画河海何历）

案当从一本作"应龙何画，河海何历"。《易林·大壮之鼎》曰"长尾蝼蛇，画地成河"，《周憬碑》曰"应龙之画"，《太平广记》二二六引《大业拾遗记》转引杜宝《水饰图经》曰"禹治水，应龙以尾画地，导决水之所出"。应龙画地成河之说，汉魏以降，流传不绝，不得以先秦古籍罕言而疑其晚起。王《注》载或说曰"禹治洪水时，有神龙以尾画地，导水所注当决者，因而治之也"，即释一本"应龙何画，河海何历"之文。朱本，元本，王鏊本并同一本。《柳集》亦同。又案此处历字不入韵，疑此文上或下尚有二句，传写脱之。

康回冯怒地何故以东南倾（一无以字）

案此当作"地何以东南倾"。本篇词例，凡言"如何"（how）者，皆曰"何以"，言"为何"（why）者皆曰"何"，从无曰"何故"者。（下文"柏林雉经，维其何故"，游国恩氏读故为辜，至确。）依本篇例，更无"何故以"三字连用之理。传说共工与颛顼争帝，不胜，怒而触不周之山，天维绝，地柱折，地遂东南倾。此问共工震怒时，地如何而倾，意谓共工触山，山折而倾也。今本作"何以故"，固为不词，一本作"何故"，亦非。《御览》三六，《事类赋注》四引此并有"以"字，无"故"

字，当据正。

九州安错（安一作何）

案安当从一本作何。“九州何错，川谷何洿，东流不溢，孰知其故”者，错读为措，《说文》曰“措，所以拥水也”，又曰“洿，浊水不流也”，此问九州何以壅塞而川谷不流，及至百川注海，又何以永无溢时也。二何字均谓“何故”。王《注》训错为错厕，后人遂从而改“何”为训“在何处”之“安”，失其义矣。王鏊本作何，与一本合。

西北辟启（辟一作闢）

案辟读为闢。王鏊本，朱燮元本，大小雅堂本并作闢。

焉有虬龙负熊以游

案游字不入韵，疑此文上或下尚有二句，传写脱之。

鲮鱼何所（所一作居）

案疑当作“鲮鱼焉居”。知之者，本篇“何所”凡十二见。（“何所亿焉”，何为谁之误，不计。）有位于述词上者，如“鮌何所营”,“禹何所成”,“何所得焉”,“殷有惑妇何所讥”,“武发杀殷何所悒”,“载尸集战何所急”(以上述词皆外动词),“何所不死”,“寿何所止”,“其何所从”(今本作“其命何从”,此依一本),“天何所沓”。(以上皆内动词)有位于表词上者,如“何所冬暖”,“何所夏寒”。凡此诸“所”字,或实用,或虚用,句中咸有所表述,惟此则不然,其不合本篇语法明甚。若从一本改“所”为“居”,于语法差合矣。然篇中通例,凡表方位之疑问代名词,但用“焉”或“安”,从无用“何”者。今以下文“鬿堆焉处”推之,疑此当作“鲮鱼焉居”。意者今本“居”先误为“所”,“焉所”不词,乃又改“焉”为“何”尔。《文选·吴都赋》刘《注》引作“陵鱼曷止”,“曷止”二字虽非(本篇不用曷字),然其词性与“焉居”犹合(皆上一字疑问副词,下一字动词),以视今本之作“何所”者,固远胜之。

鬿堆焉处(鬿一作魁)

案鬿即魁字(见《汉三公山碑》《石门颂》及《魏大飨记》),《九叹·远逝》“陵魁堆以蔽视兮”(魁一作鬿),注曰“魁堆,高貌”。是魁堆即嵬崔,亦即《庄子·齐物论篇》“山陵(各本作林,从奚侗改)之畏佳”之畏佳,义与此文无当。丁晏疑堆当为雀,字之误也。鬿雀者,《山海经·东山经》曰“北号之山……有鸟焉,其状如鸡而白首,鼠足而虎爪,其名曰鬿雀,亦食人”。案丁说是也。柳宗元《天对》曰“鬿雀在北号,惟人是食”,即以《山经》说此问,盖得之矣。

降省下土四方（一无四方二字）

朱子云，当作"降省下土方"，衍四字。《诗·长发》曰"禹
敷下土方"。案朱说是也。《书序》曰"帝厘下土方（《释文》
'一读至方字绝句'），设居方"。"下土方"古之恒语。此盖因
王《注》释"下土方"为"下土四方"，后人遂援《注》以增正
文。一本无"四方"二字，则又无韵，亦非。《困学纪闻》二引
亦作"下土方"。《柳集》同。

莆藋是营

案"莆藋"当为"藋莆"之倒。藋莆即莞蒲。《周书·文传
篇》曰"树之竹苇莞蒲"，《管子·山国轨篇》曰"有莞蒲之
壤"，《穆天子传》二曰"爰有藋苇莞蒲"，《汉书·东方朔传》
曰"莞蒲之席"。《尔雅·释草》"莞，苻离，其上蒚"，郭《注》曰
"今西方人呼蒲为莞蒲"，《诗·斯干》疏引某氏《注》曰"《本
草》曰，白蒲一名苻离，楚谓之莞蒲"。一作藋蒲。《汉书·货
殖传》曰"藋蒲材干"。此以"藋蒲"与"秬黍"对举，藋蒲为蒲
之类名，犹秬黍为黍之类名也。若作莆藋，则词例参差矣。
王《注》曰"万民皆得布（今误作耕，从《御览》一〇〇引改）
种黑黍于藋蒲之地"，是王本正作藋蒲。《天对》曰"维莞维
蒲"，似所见本作"莞蒲"，莞与藋同。

安得夫良药（一本夫上有失字）

案本篇疑问副词"安"字皆训"于何处"。"安得夫良药"，谓于何处得彼良药也。（夫犹彼也。）一本夫上有失字，解"安得失夫良药"为何得失夫良药，则既与本篇词例不合，复与下文"不能固藏"之意相复，殆不可从。

大鸟何鸣夫焉丧厥体

案体疑当为履，声之误也。（《诗·氓》"体无咎言"，《韩诗》及《礼记·坊记》引并作履，《管子·心术下篇》"戴大圆者体大方"，《内业篇》作履。本书《卜居序》"屈原体忠贞之性"，体一作履。）王《注》说此上八句为王子乔事。其略云：崔文子学仙于王子乔。子乔化为白蜺，持药与文子。文子惊而引戈击之，药堕，视之，则子乔之尸。乃以筐覆之，须臾化为大鸟而鸣。发而视之，翻飞而去。（今本《列仙传》王子乔崔文子两传皆不载此事，而《汉书·郊祀志》上应劭《注》引《列仙传》有之，盖出刘书真本。）案化蜺与失药二事，未闻其审。自余则与汉世所传子乔事颇合（详下），惟尸字当作履耳。知之者，注中两言"王子乔之尸"，上尸字《御览》一四引作履。以字形论，尸无由误履，履则易缺损成尸，疑《御览》所引是，而今本则尝经后人改窜也。注中履堕事，似即

解正文"夫焉丧厥履"之语。今本正文履作体者,又探误本注
文尸字之义而改也。(注又云"文子焉能亡子乔之身平,言仙
人不可杀也",或亦后人所沾。)蔡邕《王子乔碑》有大鸟迹
见于子乔墓上事,与本篇化鸟之说合。《易林·谦之谦》又云
"王乔无病,狗头不痛,亡(疑当作匡,通尫)跛失履;乏我送
从"(《随之解》亡跛作三尸),失履与本篇丧履之说合。而又
一传说,复化鸟与堕履二事兼著之。《风俗通义·正失篇》曰
"俗说孝明帝时,尚书郎河东王乔为叶令……每月朔尝诣
台朝,帝怪其来数而无车骑,密令太史候望,言其临至时,
尝有双凫从东南飞来。因伏伺,见凫举罗,但得一只舄耳。
使尚方识视,四年中所赐尚书官属履也"。又曰"太史……
言此令即仙人王乔者也"。(《后汉书·方术·王乔传》略同,
末亦云"此即古仙人王子乔")。本篇所问,其详虽不可知,
然鸟鸣与丧履二事,则与上述传说若合符节。然则注以子
乔事说之,不为无据。惜今本正文与注皆有误字,以故其事
益迷离恍惚,不可究诘焉。(《御览》六九七引《南康记》曰
"昔有卢耽,仕州为治中,当元会,至晓不及朝,化为白鹄,
至阁前,回翔欲下。威仪以帚掷之,得一双履,耽惊还就列。
左右莫不骇异"。《神仙通鉴》曰"张道成葬后,鹤穿墓出,冠
履留棺中"。疑此皆王子乔传说之演变。)

撰体协胁鹿何膺之 (一云撰体胁鹿何以膺之)

案当从一本作"撰体胁鹿,何以膺之",以与上文"蓱号

起雨,何以兴之",句法一律。胁即协之借字。今本因胁上误
衍协字,乃以鹿属上读,又删以字也。朱本作"撰体胁鹿,何
以膺之"。《柳集》同。

汤谋易旅

·　　案上下文皆言浇事,此不当忽及汤,牟廷相谓汤为浇
之讹字,是矣,特未能质言所问浇之何事耳。余考先世盖尝
传浇始作甲。《离骚》曰"浇身被服强圉兮",谓浇身被服坚
甲也。(详前著《离骚解诂》。)《吕氏春秋·勿躬篇》曰"大桡
作甲子",盖即浇作甲之传讹,故与"黔如作虏首"并举。(虏
首即兜鍪。)甲一曰旅。《考工记·函人》曰"凡为甲必先为
容,然后制革,权其上旅与其下旅而重若一"。郑众《注》曰
"上旅谓要以上,下旅谓要以下"。《释名·释兵》曰"凡甲聚
众札为之谓之旅,上旅为衣,下旅为裳"。"浇谋易旅"者,易
旅即治甲。甲必厚而后能坚,故下文曰"何以厚之"也。

舜闵在家父何以鱞

　　案《书·尧典》曰"有鳏在下曰虞舜",未闻舜父亦称鳏
也。父当为夫,二字形声并近,故相涉而误。本篇屡曰"夫
何"(凡七见),"夫何以鳏"犹何以鳏也。闵字义亦难通,以
下云"夫何以鳏"推之,当系妻妃诸字之讹。尝试考之,《释

名·释言语》曰"敏，闵也，进叙无否滞之言也，故汝颖言敏如闵也"，又《书传》悯或作愍，是闵敏声近义通。然敏妻古本同字。知之者，金文敏作𢿨若𢼸，妻作𡜪若𡜯，形体单元同，惟位置异耳。卜辞有𢽲字，或作𢽩，以字形论，与金文之敏无异，以文义论，则有当释妻者。（人名妻姺，他辞作妇姺，可证。）然则卜辞时代，妻敏同字，金文时代，始歧而为二。疑此本作"舜妻在家"，古篆妻与敏相似，遂误为敏，后又转写作闵也。《山海经·海内北经》曰"舜妻登比氏"。本篇所谓舜妻，当即登比氏。意者相传舜先娶登比，后娶二女，则二女未降以前，舜已有妻，故有"夫何以鳏"之问也。（《礼记·檀弓上》"舜葬于苍梧，盖三妃未之从也"，《注》曰"舜有三妃"。郝懿行据《海内北经》，谓娥皇女英并登比为三妃，其说近确。）

厥萌在初何所亿焉

案何当为谁。"谁所亿焉"与下文"谁所极焉"语意相似，句法亦当一律。萌读为民。（《墨子·尚贤上篇》"国中之众，四鄙之萌人"，《管子·揆度篇》"其人同力而宫室美者，良萌也"，《文选·蜀都赋》注引《蜀王本纪》"是时人萌，椎髻左衽，不晓文字"，《成阳灵台碑》"以育苗萌"，萌皆读为民。）"厥民在初，谁所亿焉"，犹言生民之初，其事渺茫，谁所亿测而知之也。（自此至"女娲有体，孰制匠之"，皆问女娲事。"厥萌在初",盖斥女娲抟黄土作人言之。)今本作"何所亿焉",则必于"何"下增"人"字为训,义乃可通,以是知其不然。

何肆犬体而厥身不危败（一云何得肆其犬豕,一云何肆犬豕）

案王《注》曰"言象无道,肆其犬豕之心",是王本作"何肆犬豕"。然释"肆犬豕"为"肆犬豕之心",殊失之凿。且上云"舜服厥弟,终然为害",下云"何肆犬豕,而厥身不危败",为害者象,则受害者舜,是"厥身不危败",谓舜身,而"肆犬豕",亦当属舜言。考《书传》载象所以谋害舜者,有完廪、浚井、饮酒等三事。饮酒事惟见《列女传·有虞二妃传》。其言曰"瞽叟又速舜饮酒,醉将杀之。舜告二女。二女乃与舜药浴注豕（各本作'汪遂',《路史·发挥》二引作'汪豕',陆龟蒙《杂说》作'注豕',今依陆文),舜往（各本二字误倒,今正。《路史》无舜字,亦通),终日饮酒不醉"。注豕者,豕读为矢。《说文》曰"臑,臂,羊矢也"。《仪礼乡射礼释文》引《字林》矢作豕,是其比。《韩非子·内储说下篇》说燕人妻有通于士者,夫至,适遇士出,问何客,妻佯曰无客,因诬其夫惑易,而浴之以狗矢。舜注矢以御醉,盖犹燕人浴矢以解惑。此其事虽不雅驯,然以秽恶禳灾,今民间巫术多犹行之,以今推古,宜亦同然,固不必为舜讳也。本篇"肆犬豕"当即斥此。豕借为矢,与《列女传》同。肆读为溃。（经传肆肄通用,本系同字。《诗·雨无正》"莫知我勚",《左传·昭十六年》引勚作肆。肆之通潰,犹肆之通勦也。)《广韵》曰"潰,注也"。潰犬豕即《列女传》之注矢,亦犹《韩非子》之言浴狗矢矣。注矢后,即终日饮酒不醉,故曰"厥身不能危败"。一本何下有得字,肆下有其字,盖后人不得其解而妄增,今本豕误为体,亦不成文义。朱本作"何肆犬豕"。《柳集》同。

吴获迄古

王闿运以"吴获"二字为人名。案王说是也。获盖伯之声误,吴伯即吴太伯。《国语·吴语》曰,"夫命珪有命,固曰吴伯",韦注《晋语》一亦曰"后武王追封为吴伯",此太伯称吴伯之明验。

孰期去斯得两男子 (去一作夫)

案去当从一本作夫,字之误也。(篆书夫作夫,去作夲,形最相近。)夫犹于也。(《离骚》"余既不难夫离别兮","椒又欲充夫佩帏","遭吾道夫昆仑",《九辩》"愿寄言夫流星兮",夫均训于。)"斯"指南岳。疑逃荆蛮者本太伯一人(有说别详),而后世传说以为太伯仲雍二人,故本篇曰"孰期夫斯,得两男子"。今本夫作去,则是太伯尝弃南岳而他去,而既去后,又"得两男子",全与史实不合,其为驳文审矣。

何条放致罚而黎服大悦

　　刘永济氏云，服当为民，字之误也。服古只作𣬒，隶书𣬒民形近，民误为𣬒，转写作服。王《注》曰"天下众民大喜悦也"，是王本正作"黎民大悦"。案刘说是也。王《注》上云"黎，众也"，下云"众民大喜悦"，明以"众民"释正文"黎民"二字。《吕氏春秋·慎大篇》曰"汤立为天子，夏民大悦"，亦言汤事，而语与此略同，亦足资参证。《天对》曰"民用溃厥疣，以夷于肤，夫曷不谣"，似所见本民字未误。

玄鸟致贻女何喜（喜一作嘉）

　　案喜当从一本作嘉。嘉与宜韵，若作喜，则失其韵矣。嘉本训生子。卜辞作放，云"□辰王卜，在今[页]，娀毓放，王㞢曰，吉，在三月"（《前》二，一一，二）；"贞今五月好毓，其放"（《萃》一二三二）；"乙亥卜，自贞，王曰，㞢（有）身，放，㚑曰放"。（《佚》五八六）上曰毓，曰有身，下皆曰放，则放当即生子之谓。生子谓之嘉，亦谓之字，嘉之言加，犹字之言滋也。郑注《月令》曰"高辛氏之世，玄鸟遗卵，娀简吞之而生契，后王以为媒官嘉祥而立其祠焉"，嘉祥即加生之祥。《周语》下曰"赐姓曰姒，氏曰有夏，谓其能以嘉祉殷富生物也"，嘉祉犹嘉祥，谓加生之福祉，故曰"殷富生物"。《尔雅·释天》曰"甘雨时降，万物以嘉，谓之醴泉"，万物以嘉，犹万物以生也。
"玄鸟致贻女何嘉"者，贻与胎通，言简狄何以吞鸟卵而生契
也。《续汉书·礼仪志》注引此作嘉，《天对》曰"胡乙鷇之食，
而怪焉以嘉"，所据本皆不误。

胡终弊于有扈

王国维云，扈当作易，后人多见有扈，少见有易，故改
易为扈。案王氏谓扈为易之误，是也，其说易字所以致误之
由则非。易卜辞作𝄐，金文作𝄐。右半与篆书户字相似，而有
扈字本只作户。(《史记·夏本纪》正义，《路史·国民纪》三，
《后纪》一四。)此盖本作𝄐，缺其左半，读者误为户字，又依
地名加邑旁之例改作扈也。有易之名，明见《大荒东经》及
郭《注》引《纪年》。《周易》亦有"丧羊于易"(《大壮》六五)，
"丧牛于易"(《旅》上九)之文。不得谓易之误扈，由后人少
见而辄改也。

击床先出其命何从（一云其何所从）

案当从一本作"其何所从"。上文曰"四方之门，其谁从
焉"，此从字义与彼同，言王亥从何道而出也。王《注》曰"其
先人失国之原，何所从出乎"，是王本正作"其何所从"。

何变化以作诈后嗣而逢长（一云而后嗣逢长）

　　案当从一本作"而后嗣逢长"，乃见问意。王《注》曰"而后嗣子孙长为诸侯也"，是王本而字未倒。朱本作"而后嗣逢长"。

会鼂争盟（一作会晁请盟）

　　案争当从一本作请。请犹盟也。《尔雅·释诂》曰"请，告也"，《仪礼·大射仪》"西面誓之"，《注》曰"誓犹告也"。请誓同义，则请盟亦同义。盖请之言清也，誓之言晰也，盟之言明也，皆自剖白其情事，以昭告于神明之谓。（《周礼·序官·司盟》注曰"盟，以约辞告神，杀牲歃血，明著其信也"。《释名·释言语》曰"盟，明告其事于神明也"。）《诗》有《大明篇》，即大盟，犹《书》之《大誓》也。其诗曰"维师尚父，时维鹰扬，凉彼武王，肆伐大商，会朝清明"，言太公佐武王伐商，并治其会朝与请盟之事。"请盟"字《诗》正作"清明"。《天问》"会鼂（朝）请盟"即用《诗》语，特《诗》"清明"用古字，《天问》"请盟"用今字耳。"会朝请盟"者，会亦朝也（《礼记·王制》注曰"朝犹会也"），请亦盟也。"会朝"与"请盟"对举，上下皆同义字。《书·牧誓》曰"时甲子昧爽，王朝至于商郊牧野，乃誓"，朝至即朝致，朝训会（见上），致亦会也（《周礼·遂人》注曰"致犹会也"），此谓武王于甲子之朝，朝会庸、蜀、羌、髳、微、卢、彭、濮等八国诸侯及其百官而与之盟誓也。

《诗》之"会朝",《天问》之"会鼌"即《书》之"朝致",《诗》之"清明",《天问》之"请盟"即《书》之"誓"矣。今本《天问》请作争者,《玉篇·水部》引《韩诗》作"瀞明",疑《天问》古本亦作瀞,争即瀞之误。惟王《注》不解"争盟"事,或所据本犹未误。

到击纣躬（到一作列）

案到疑当为劲,字之误也。《战国策·西周策》"彼且攻王之聚以劲秦",《史记·韩世家》"不如出兵以劲之",今本劲亦皆误作到。（隶书从巠之字,或书作圣,与至相似,故每误为至。《大荒南经》"有山名去痊",郭音风痊之痊,今本误作痊,《九辩》"前轻辌之锵锵兮",轻今误作轻,并其比。）劲,力也（《列子·说符篇》张《注》）,"劲击"谓猛力击之。一本作列,亦劲之误。（古隶列作剦,与劲形亦近。）《天对》曰"颈纣黄钺,旦孰喜之",似所见本正作刿。

其位安施（位一作德）

刘永济氏云,位当从一本作德,下文曰"其罪伊何","其德"与"其罪"对文以见意。案刘说是也。《筴子·立政篇》

"大德不至仁",《群书治要》引德作位,此古书德位互讹之验。王《注》曰"其王位安所施用乎",王位亦当作王德。吉藩府翻宋本(下称吉藩本),朱燮元本,黄省曾本,大小雅堂本并作"其王德位",则合作德与作位二本而并存之。

反成乃亡(反一作及)

刘师培云反当为及。案刘说是也。王《注》曰"言殷王位已成,反覆亡之",是王本作"及成乃亡"。今本作反,因及反形近,又蒙《注》中"反覆"之文而误。

逢彼白雉

案雉当为兕,声之误也。《吕氏春秋·至忠篇》"荆庄襄王猎于云梦,射随兕",《说苑·立节篇》作科雉,《史记·齐太公世家》"苍兕苍兕",《索隐》曰"本或作苍雉",《管蔡世家》曹惠伯兕,《十二诸侯年表》作雉,并其比。考《殷虚兽骨刻辞》屡纪获白兕,如曰"……于𢀖田,获白兕,在二月,佳王十祀,肜日,王来征盂方,白"(中央研究院藏骨),又曰"辛巳,王则武囗……录,获白兕,丁酉……"。(《佚》四二七)周初习俗,多与殷同,殷人以获白兕为盛事,周亦宜然。《初学记》六引《纪年》曰"昭王十六年,伐楚荆,涉汉,遇大兕",本篇所问,即指斯役。然则昭王所逢,是兕非雉,有明征矣。

穆王巧梅（梅一作姇）

案梅姇并当为拇，字之误也。巧读为考。《书·金縢》"予
仁若考"，《史记·鲁世家》作巧，《古钵》"巧工司马"即考工司
马。拇即牧字。《诗·大明》"牧野洋洋"，郑注《书序》引作拇。
"考牧"者，《诗·无羊》序曰"《无羊》，宣王考牧也"。此考牧
义同，惟彼牧谓牛羊，此谓马耳。考谓考校，周流天下，将以
考校八骏之德力，故曰考牧也。

夫何为周流（一云夫何周流）

案何下当从一本删为字，本篇"惟时何为"，"胡为此
堂"，为皆动词，训"作为"，不作介词用。其何故，何因，何为
诸义皆只用"何"。"夫何周流"即何为周流也。王《注》曰"何
为乃周旋天下而求索之也"，然则今本正文为字，乃涉注文
而衍欤？朱本无为字。

妖夫曳衒

案衒疑当为衔，字之误也。王《注》不释衒义，但曰"执
而曳戮之于市"，然衒无戮义，是王本不作衒，明甚。上文云
"鸱龟曳衔"。此文"曳衔"之语，正与彼同。今本作曳衒者，

衔衔形近,注中又有"夫妇卖是器"之语,故衔误为衔也。"曳衔"者,曳绁同,系也,衔,相衔接也。《汉书·楚元王交传》"胥靡之",注曰"联系使相随而服役之,故谓之胥靡,犹今之役囚徒,以锁联缀耳"。案《说文》曰"䋼,绊前两足也",引《汉令》曰"蛮夷卒有䋼",《广雅·释诂》二曰"縻,系也",胥靡即䋼縻。联系相随,与曳衔之义正合,疑此文曳衔即指胥靡之刑。注训为"曳戮"者,戮缪通(《国语·吴语》"戮力同德",《诅楚文》"缪力同心"),《小尔雅·广诂》曰"缪而紾之为绁",《广雅·释诂》四曰"嫪,缠也",是曳戮亦缠系牵连之谓,故以"曳戮"训"曳衔"。《国语·郑语》曰"有夫妇鬻是器者,王使执而戮之",又曰"为弧服者方戮在路",戮即曳戮,亦犹曳衔矣。

何号于市

案何当为谁。《郑语》曰"府之童妾……不夫而育,故惧而弃之。为弧服者方戮在路,夫妇哀其夜号也而取之,以逸逃于褒"。此文曰"妖夫曳衔,谁号于市","妖夫曳衔"即彼之"为弧服者方戮在路"(说具上条),"号于市",即彼之"夜号"也。号者既为府妾之弃子,则此句问词当用"谁",审矣。今作"何"者后人误以号者为妖夫,而嫌谁字于文不顺,遂以意改也。号本训啼,王《注》训为呼,是亦以号者为妖夫,然则此字之误,自王本已然。

何罚何佑

刘盼遂氏云当作"何佑何罚",罚与杀韵。案刘说是也。王《注》曰"善者佑之,恶者罚之",先言"佑",后言"罚",是王本尚未倒。

雷开阿顺而赐封之 (一云雷开何顺)

案阿当从一本作何。上文曰"比干何逆,而抑沉之"。"何顺"与"何逆"对文以见意。朱作"何顺"。《柳集》同。

何圣人之一德卒其异方

游国恩氏云"卒其异方"当作"卒异其方","其"斥梅伯箕子,言梅伯箕子各异其方也。案游说是也。《淮南子·泰族篇》曰"箕子比干,异趣而皆贤",义可与此互参。王《注》曰"言文王仁圣,能纯一其德,则天下异方终皆归之也",是王本"异其"二字已倒。

何令彻彼岐社命有殷国 (一云命有殷之国)

案当删命字,殷下从一本增之字。上文令字统摄彻彼岐社与有殷国二事,此又出命字,于文为赘。令命古同字,命即涉令而衍。

何感天抑地夫谁畏惧（一无何字，案校注此四字，各本皆在上文"伯林雉经"下。审彼文，何字断不可省，而此文有何字，反成赘肬。误例无疑。朱氏《集注》"一无何字"四字在本文下，不误。）

案当从一本删何字。"谁"已是问词，增何字则意复。王《注》曰"言骊姬谗杀申生，其冤感天，又谗逐群公子，当复谁畏惧也"。审注意，似亦本无何字。

又使至代之（代一作伐）

案代与戒韵，作伐，则失其韵矣。一本非是。

何壮武厉能流厥严

陈本礼、丁晏、俞正燮、江有诰、邓廷桢、马其昶等并谓严当为庄，避汉讳改，庄与亡韵。案众家说是也。庄者，《周书·谥法篇》曰"胜敌志强曰庄"，《独断下》曰"好勇致力曰庄"，是其义。

受寿永多夫何久长

案"永多""久长"义相重复,殊为无谓。朱本无久字,《柳集》及《御览》八六一引亦无,则"彭铿斟雉帝何飨,受寿永多夫何长",皆七字句,视今本为胜。然"永多"与"长",于义仍嫌复叠。疑长为怅之缺损。知之者,王《注》曰"彭祖至八百岁,犹自悔不寿,恨枕高而唾远也"(《道藏》临字第五号《彭祖摄生养性论》"是以养生法,不远唾,不骤行"),曰悔,曰恨,正释怅字之义。今本怅误为长,浅人又增久字以配之,则问意全失,而文句亦结籀为病矣。

中央共牧后何怒蜂蛾微命力何固

案二句当乙转。史言厉王无道,国人怒而攻之,王奔彘,复围索太子,不得,卒得召公子杀之而甘心,即此所谓"蜂蛾(蚁)微命力何固"也。"蜂蚁"喻叛乱之民众(《史记·项羽本纪》"楚蜂起之将",《周公殿礼记》"变异蜂起",《陈球后碑》"蜂聚蛾动",《淮南子·兵略篇》"天下为之麋沸蚁动",《后汉书·冯衍传上》"天下蛾动"),"力何固"言其索王不得,则索太子,索太子又不得,而怒犹不息,卒得召公子杀之而甘心也。《史》又言厉王既奔彘,共伯和摄行天子事,久之,王崩于彘,共伯将篡位自立,适时大旱,屋焚,卜曰厉王为祟,即此所谓"中央共牧后何怒"也。"后"斥厉王,"怒"

谓其降旱为祟。如今本二句倒转,则是王死而为祟在前,被难奔窃在后,按之史实,本末颠倒,以是明其不然。

惊女采薇鹿何祐(祐一作佑)

案"惊女"二字当互易。"女惊采薇"者,惊读为警,戒也,言女戒之令勿采薇也。《文选·辨命论》注引《古史考》曰"伯夷叔齐……隐于首阳山,采薇而食之,野有妇人谓之曰'子义不食周粟,此亦周之草木也'",即此所谓"女警采薇"也。(《路史·餘论》注引《三秦记》曰"夷齐食薇三年,颜色不变,武王戒之,不食而死"。此虽传闻异词,然曰"戒之",则与本篇曰"警"者,义正符合。)《瑚玉集·感应篇》引《列士传》曰"伯夷兄弟遂绝食 薇 ,七日,天遣白鹿乳之",即此所谓"鹿何祐"也。"女警"与"鹿祐"对文见义。王《注》曰"有女子采薇菜,有所惊而走",又曰"女子惊而北走"。此其说事虽误,然详审语意,所据本固尚作"女惊",不作"惊女"也。一本祐作佑,义长。佑,助也。"鹿何佑"即鹿何助之。王《注》训祐为福,又云"乃天祐之",失其旨矣。

伏匿穴处爰何云

案"爰何云"三字,义殊难通。本篇问词有"云何"("有扈牧竖,云何而逢"),无"爰何"。疑此当作"云何爰"(上文

"云何而逢",一曰"其爱何逢",一曰"其云何逢",云爱互误,例与此同),爱者,《方言》六曰"爱,恚也,楚曰爱",又二曰"爱,哀也",《九章·怀沙》曰"曾伤爰哀,永叹喟兮",并与此爱字义同。"云何爱"与《诗·卷耳》"何云吁矣"句法同,爱吁亦声转义近。又本篇自此以下,词句次第,颠倒特甚。下文"悟过改更(原衍我字,说详后)又何言"当移在此下。知之者,以事类言之,"伏匿穴处云何爱,悟过改更又何言"二句合问一事,下文"荆勋作师夫何长,吴光争国,何久余是胜"(今本二句各有讹夺,说详下条)二句合问一事,文意乃觉贯通。以韵言之,"伏匿"二句爱与言相叶,"荆勋"二句长与胜通叶,于韵例亦差合。今本各句次第既有差互,而此文复爱云误倒,则于文于韵,两失之矣。

荆勋作师夫何长

案勋师二字当互易。作犹立也,"荆师作勋"犹言楚师立功。长读为常。自吴王寿梦十六年,至王余祭十二年,二十年间,楚屡胜吴(详《史记》吴楚两《世家》),故曰"荆师作勋夫何常"也。

悟过改更我又何言 (一无我字,今本《补注》脱此四字,从朱氏《集注》增)

案当从一本删我字。本篇呵壁之词,所问皆自然现象与历史陈迹,初未羼入作者个人成分,故知我字必系衍文。且如今本作"我又何言",则是感叹而非诘问语气,篇中亦从无此例。又案此句本当移上与"伏匿穴处"句相承(说详彼条),"伏匿穴处云何爱,悟过改更又何言",语意相偶,句法亦一律也。

吴光争国久余是胜

案此句无问词,与本篇文例不合。当于"久"上补"何"字。"吴光争国,何久余是胜"者,言初楚屡胜吴,何以公子光弑立后,吴乃屡胜楚也。又案下文"何环闾穿社"至篇末,问子文之生,及成王弑堵敖代立(前六七一)。其事下距吴公子光弑王僚(前五一四)凡一百五十余年。然则"荆师作勋夫何长(常),吴光争国何久余是胜"二句,当移在下文"何试上自予,忠名弥彰"后,乃与史实符合。

何环穿自闾社丘陵爰出子文(一云何环间穿社以及丘陵是淫是荡爰出子文)

案当依一本作"何环间穿社,以及丘陵,是淫是荡,爰出子文"。今本云云,必后人恶其猥亵而改之如此。王《注》与一本文意全合,是此文之窜改,尚在王后。

吾告堵敖以不长

案吾疑当为语,字之误也。堵敖,楚文王子熊囏也。堵敖弟熊恽,弑堵敖自立,是为成王。成王八年,子文为令尹。疑此及下"何试上自予,忠名弥彰"二句,仍问子文事,言子文语告杜敖如此也。今本作吾,则是作者自告堵敖。本篇虽非必屈原所作,然所问人事,至春秋而止,是作者至早亦当为战国初人,安得与春秋初叶之堵敖相对论事哉?

九　章

惜　诵

所作忠而言之兮（作一作非）

案作当从一本作非，字之误也。古誓词多用所字。所傥古通。"所非忠而言之"犹言傥所言之不实也。后人不达所字之谊，乃以非作形近，又涉下文"作忠以造怨"之语，而改非为作。王《注》曰，"设君谓己所（今误作）言非忠（今脱此字）邪"，是王本字仍作非。朱本亦作非，《李太白诗集注》一《古风》注引同。

令五帝以桥中兮（桥一作折）

案桥析同，析折古又同字。《史记·孔子世家》索隐引亦作折。朱本,朱燮元本,大小雅堂本同。

羌众人之所仇（一本仇下有也字）
又众兆之所雠（一本雠下有也字）

　　案两句末均当从一本补也字。此文"……羌众人之所仇也
……又众兆之所雠也……羌不可保也……又(原误有,详下)
招祸之道也",四也字连用,与后文"……何不变此志也……
又犹(原误犹有,详下)纕之态也……何以为此伴也(句首原
衍又字,详下)……又何以为此援也"四句,及"……亦非余
心之所志……又众兆之所咍……謇而(原脱而字,详下)不
可释……又蔽而莫之白"四句,一本句末皆有也字,词例悉
同。凡句末用"也"字者,必四句连用,此其为例,至为著明。
今本写官于各也字或删或存,漫无统纪,盖于篇中词例,未
之留意耳。朱本仇下雠下并有也字,最是。

有招祸之道也

　　案有当为又。上揭句末连用四"也"字诸例中,其第四、
八两句首皆有"又"字,是其定例。下文"又犹纕之态也",今
本误作"犹有",盖亦"又"先误为"有","有犹"无义,乃倒其
文以取义也。

亦非余之所志（一本此句末与下文皆有也字）
又众兆之所咍

案当从一本于两句末补也字。详上"羌众人之所仇"
"又众兆之所雔"条。朱本有两也字。

行不群以巅越兮

案《类聚》一九引巅作颠。朱本同。颠巅通。

謇不可释（一本句末有也字）
又蔽而莫之白（一本句末有也字）

案以上句末并当从一本补也字，说已详上。朱本有两
也字。又疑謇下当有而字。《哀郢》曰"思蹇产而不释"（注曰
"蹇产，诘屈也"），《抽思》曰"思蹇产之不释兮"。謇与蹇通，
犹蹇产也。"謇而不可释"与"蔽而莫之白"文相偶称。王本
謇下夺而字，因以謇为语辞，失之远矣。

心郁邑余侘傺兮（心一作忳）

案心疑为忳之坏字。"忳郁邑"与《离骚》"斑陆离其上
下"之"斑陆离"，《哀郢》"惝荒忽其焉极"之"惝荒忽"，"蹇

侘傺而含慼”之“寒侘傺”，《远游》“怊惝恍而永怀”之“怊惝恍”，皆联绵字上又著一同义之限制词。本篇语多袭《离骚》，彼正作“忳郁邑余侘傺兮”。又案下句“情”字不入韵，疑此句下脱去二句，说详下条。

又莫察余之中情

案此句不入韵，推寻其故，盖由脱简所致。考《离骚》《天问》《九章》均当以四句为一行。本篇“忳郁抑余侘傺兮”以下四句，疑本系二行八句。今本因脱四句，而以二行之文并为一行，故致“情”“路”二字无韵。古本似当作“忳郁抑余侘傺兮，□□□□□□，□□□□□□兮，又莫察余之中情。(以上一行)□□□□□□兮，□□□□□□，固烦言不可结诒兮，愿陈志而无路”。(以上一行)以文义求之，“忳郁抑余侘傺兮”与“又莫察余之中情”殊少连贯，故疑此行所脱二句，当在此二句之间。至次行之“愿陈志而无路”，与后文“退静默而莫余知兮，进号呼又莫吾闻”，则语意正相衔接，故知彼行所脱二句，必不在行末而在行首。朱子以此文“情”“路”不叶，欲依《离骚》改“中情”为“善恶”，其说虽近理，然终疑二语形声俱远，无由致误，故不取之。王《注》曰“曾无有察我之中情也”，是王本仍作中情。

魂中道而无杭（杭一作航）

　　案无疑本作亡。"亡杭"叠韵连语，即茫沆，魂气浮动貌也。《淮南子·俶真篇》"茫茫沆沆"，高《注》曰"茫茫沆沆，盛貌"。《文选·西京赋》"沧池漭沆"，薛《注》曰"漭沆犹洸潒"。《尔雅·释言》"沄，沆也"，郭《注》曰"水流漭沆"。《说文》曰"沆，莽沆大水"。漭莽并与茫通。或倒言之曰"沆茫"，"沆漭"，扬雄《羽猎赋》曰"鸿濛沆茫"，黄香《九宫赋》曰"泐沆漭以扎块"，马融《广成颂》曰"瀁瀁沆漭"，是也。案水动曰茫沆，气动亦曰茫沆，其义一而已矣。又《尔雅》训沄为沆，《说文》亦曰"沄，转流也，读曰混，一曰沆"。（旧脱此三字，据《尔雅·释文》引补。）魂之为言犹沄也（《古微书》引《孝经援神契》曰"魂，芸也，芸芸动也"，《白虎通义·性情篇》曰"魂犹伝伝也，行不休也"。沄芸伝字异义同），魂之貌曰茫沆，犹沄一曰沆，故曰"魂中道而茫沆"。后人不知"亡杭"为"茫沆"之借字，而读亡为有亡之亡，训杭为舟杭，因改亡为无，一本又改杭为航，其陋甚矣。

惩于羹者而吹齑兮（一无者字，一云惩于热羹者，一云惩热于羹）

　　案当从一本删者字。"惩于羹而吹齑兮"与"欲释阶而登天兮"语意平列，皆七字为句。朱本无者字。《困学纪闻》二〇引作"惩热羹而吹齑"，亦无者字。（柳宗元《与杨诲之疏解车义第二书》引有者字,则唐本《楚辞》已衍。)

犹有曩之态也（犹有一作又犹）

案当从一本作"又犹",详上"有招祸之道也"条。

又何以为此伴也

案又字当删,此涉下文"又何以为此援也"而衍。凡以"也"字殿尾之句连用至四次时,唯第四、八两句首用"又"字,二、六两句不用也。详"有招祸之道也"条。

吾至今而知其信然（一云吾至今而知其然,一云吾今而知其然）

案当从一本作"吾今而知其然"。而犹乃也。(朱本而正作乃)然亦信也。《诗·采苓》曰"人之为言,苟亦无信,舍旃舍旃,苟亦无然",然与信为互文,《史记·张耳陈餘传》曰"张耳陈餘始居约时,然信以死",然亦信也。本书《惜往日》曰"不清澈其然否",即信否,《九歌·山鬼》曰"君思我兮然疑作",然疑犹今言将信将疑。"吾今而知其然",即吾今乃知其信,语意已明。今本"今"上有"至"字,"然"上有"信"字,皆后人妄增。一本作"吾至今而知其然",未衍"信"字,朱燮元本,大小雅堂本及《御览》七二四引俱作"吾今而知其信然"，未衍"至"，字，互有得失，并视今本为差胜。惟黄省曾本无至字信字，最是。

坚志而不忍（一云盖志坚而不忍）

案当从一本作"盖志坚而不忍"。《悲回风》曰"暨志介而不忘"，盖暨声近（《哀郢》"好夫人之忼慨"，《释文》慨作磕），坚介义同，语义句法并与此相似，可资互证。朱本亦有盖字，惟"志坚"倒作"坚志"。

背膺牉以交痛兮（一本牉下有合字，一云背膺敷牉其交痛）

案牉上当从一本补敷字。《周礼·小宰》"四曰听称责以傅别"，注曰"傅别，谓为大手书于一札，中字别之"，又《士师》"凡以财狱讼者，正之以傅别约剂"，注曰"傅别，中别手书也"。二职"傅别"故书并作"傅辨"，郑兴注《小宰》，郑众注《士师》俱读为"符别"。案《说文》曰"符……汉制以竹，长六寸，分而相合"，《汉书·文帝纪》注曰"与郡守为符者，谓各分其半，右留京师，左以与之"。《释名·释书契》曰"莂（各本作莂，从《广韵》改），别也，大书中央，中破别之也"。符别即符莂。敷牉与傅辨，傅别，符别，俱声之转。（《书·禹贡》"禹敷土"，《荀子·成相篇》作傅。《诗·长发》"敷奏其勇"，《大戴礼·卫将军文子篇》作傅。《广雅·释言》"傅，敷也"，别转为胖,则犹傅别一曰判书。胖辨声亦近。)惟此为动词,彼为名词耳。"背膺牉胖以交痛"者,犹言背胸分裂,如符箫之中破,因而心中交引而隐痛也。今本无敷字,盖后人不达"敷胖"之义而删之。一本胖下又增合字,大谬。

故重著以自明

案本篇叶韵通以二进,此处粮芳明三字相叶,独为奇数,于例不合。疑此下本有二句,今本脱之。

矫兹媚以私处兮愿曾思而远身

案二句当互易。知之者,《涉江篇》"世溷浊而莫余知兮,余方高驰而不顾"二句,原在本篇末,与此二句首尾相衔。(说详《涉江》)此本作"愿曾思而远身兮,矫兹媚以私处","处"与彼文"顾"韵也。今本二句误倒,则失其韵。又案"曾思而远身",义不可通。疑思当为逝,声之误也。(《渔父》"深逝高举",逝亦误思)《淮南子·览冥篇》曰"逴(原误还,从孙诒让改)至其曾逝万仞之上"(高《注》"曾犹高也,逝犹飞也"),本书《九思·悼乱》曰"玄鹤兮高飞,曾逝兮青冥"。或曰增逝。《史记·贾生传·吊屈原文》曰"摇增逝而去之"(逝上原有翿字,即逝之讹衍),《汉书·梅福传》曰"夫截鹊遭害,则仁鸟增逝",班彪《览海赋》曰"超太清以增逝",张华

《鹝鹝赋》曰"又矫翼而增逝"。此云"愿曾逝而远身"(《吕氏春秋·权勋篇》"为人臣不忠贞.罪也,忠贞而不用,远身可也"。本书《哀时命》"时眃饫而不用兮,且隐伏而远身"),犹上文云"欲高飞而远集"也。本篇末段大意与《离骚》末段略同,彼云"吾将远逝以自疏",曾逝亦犹远逝也。今本逝误为思,王《注》据而释之曰"则愿私居远处,唯重思而察之",是以"曾思而远身"为"远身而曾思"。意者文既有误,义不可通,则不得不支离缴绕以强说之耳。

涉　江

冠切云之崔嵬

案原本《玉篇·山部》,《书钞》一二二,《类聚》一,《御览》八,又三四四,又六八四,《事类赋注》一二,《海录碎事》五并引切作青。刘师培谓当作青,引《九叹·惜贤》"冠浮云之峨峨",注云"冠切浮云",而正文无切字,以证此注云"其高切青云",正文亦不必是切字。案刘说非也。崔嵬,高貌。切云犹摩云。冠曰切云,正状其高。若作青云,则但谓其状如云,而不必有高义。《后汉书·舆服志下》有通天冠,切云之名,犹通天耳。(《说苑·善说篇》"昔者荆为长剑危冠,令尹子西出焉",危亦高也,危冠或即切云之类。)《哀时命》曰

"冠崔嵬而切云兮",即袭此文,而字亦作切。《类聚》六七引本篇仍作切。各本并同。

被明月兮佩宝璐世溷浊而莫余知兮吾方高驰而不顾驾青虬兮骖白螭吾与重华游兮瑶之圃登昆仑兮食玉英与天地兮同寿与日月兮同光

案此文当作"世溷浊而莫余知兮,余方高驰而不顾,乱曰,驾青虬兮骖白螭,被明月兮佩宝璐,□□□□□□□(句中所缺字数,不可确知,姑依多数句例定之,后仿此),吾与重华游兮瑶之圃,□□□□□□□,登昆仑兮食玉英,与天地兮同寿,与日月兮齐光",并全段移在《惜诵》篇末。考本篇篇首言驾虬骖螭,游瑶圃,登昆仑,皆游仙之事,而自"哀南夷之莫吾知兮"以至篇末,所言又俱属现实境界。且既曰"高驰不顾",又曰"与天地同寿,与日月同光",则是已离群高举,与造物者为人矣,乃下文复云"固将愁苦而终穷",此其一篇之中,前后矛盾,尤不可解。(黄文焕贺宽辈亦尝怀疑及此)及考《惜诵》篇末身字不入韵,例当有脱简,而此八句与彼末段语意适相衔接,乃知八句为彼篇之文。移写误入于此也。《惜诵》篇末"愿曾逝而远身兮,矫兹媚以私处"(二句原误倒,说已详上)二句,语意一贯,韵亦相叶,四句当同隶一行。(本篇亦以四句为一行。)《惜诵》"梼木兰以矫蕙"四句详"曾逝远身"前之备具,本篇

"驾青虬兮骖白螭"以下，并缺文八句，正叙"曾逝远身"之事，此又其文中脉络之历历可考者也。至今本《惜诵》篇末文多夺乱，已分见前条，此八句既本属彼篇，又经移写羼入本篇，则其间颠倒夺失，度亦不免。今验"被明月兮佩宝璐"，与"驾青虬兮骖白螭"以下五句，兮字皆在句中，于文例当毗连。更以韵例衡之，知"被明月"句当在"驾青虬"句下，而"被明月"与"吾与重华"二句间当更有一句，然后璐圃二字乃得相叶。盖本书通例，凡于韵二字相叶者，于文当有四句，于韵三字相叶者，于文当有六句，余以类推。今璐圃二字相叶，而文只三句，故知其间必有脱文。（即并"世溷浊"二句计之，顾璐圃三字相叶，于文亦当有六句。今才五句，故仍于例不合。然璐圃二韵，实系乱词（详下），似不当与本词处顾二韵连读。）下文"登昆仑"与"与天地"二句间所缺一句，亦可以同类原则推知之。又知"驾青虬"上当有"乱曰"二字者，语调之变，由于乐调之变，历验他篇而不爽。本篇（《惜诵》）上文兮字皆在句末，至此忽改在句中，故知必系乱词也。考《九章》诸篇，除《橘颂》内容体制皆异，宜自为一类外，自余八篇中，应以《惜诵》《涉江》《哀郢》《抽思》《怀沙》为一类，《思美人》《惜往日》《悲回风》为一类。（说别详）前者五篇中，四篇皆有乱词，则《惜诵》亦当有也。要而言之，此八句《涉江》有之为赘肬，《惜诵》无之为俄空，今以移归《惜诵》，则庶乎《惜诵》《涉江》，两得其宜矣。（《涉江》篇首"余幼好此奇服兮，年既老而不衰，带长铗之陆离兮，冠切云之崔嵬"四句，今在"被明月"前，余初疑亦《惜诵》文。然细按文义,殊不类。疑"被明月"等八句初阑入《涉江》时,本在四句前,后人以"被明月"云云不似开章语,乃移四句于彼前,使与"带长铗""冠切云"等语相配,遂成今本耳。)

哀南夷之莫吾知兮旦余济乎江湘

案湘字不入韵,疑此文上或下脱二句。

步余马兮山皋邸余车兮方林

案此非乱词,不当于句中用兮字。二句疑当作"步余马于山皋兮,邸余车乎方林"。《离骚》二句连用介词时,每上句用"于",下句用"乎"(详《离骚》"朝吾将济于白水兮"条)。此或同然。

齐吴榜以击汰

案王《注》曰"吴,大也(各本脱'大也'二字,下文'齐举大棹'可证。《文选·海赋》注引'榜,船棹也'四字,不与吴字连读,所据本似犹未脱)。榜,船棹也……言……士卒齐举大棹而击水波。……或曰'齐悲歌',言愁思也"。案《哀郢》曰"楫齐扬以容与兮"(注"楫,船棹也"),与此"齐吴榜以击汰,船容与而不进",语意相仿。王引一本作"齐悲歌",义虽可通,然以《哀郢》证之,似仍以作"吴榜"为正。

淹回水而疑滞（疑一作凝）

案疑与凝通。《书钞》一三七,《御览》七七〇,《文选·江文通〈别赋〉》注引并作凝。朱本,朱燮元本,大小雅堂本并同。

接舆髡首兮桑扈裸行

案行字不入韵,依例"接舆髡首"上当缺二句。此处文多偶行,所缺二句词意盖与"忠不必用"二句相偶,犹下"接舆髡首"二句亦与"伍子逢殃"二句相偶也。

哀　郢

荒忽其焉极（一本荒上有怊字）

案当从一本补怊字。怊读超,远也。（《方言》七)荒忽亦远也。《汉书·严助传》注曰"荒言荒忽绝远,去来无常也",《后汉书·马融传》注曰"荒忽,幽远也"。"怊荒忽"者,连绵词上又著一同义字为限制语,本书词例,此类甚多。(详《惜诵》"心郁邑余侘傺兮"条。)《七谏·自悲》曰"超慌忽其焉如",盖即袭此文。《渚宫旧事》三亦有怊字。朱本,朱燮元本,大小雅堂本并同。

忽若不信兮（一本若下有去字）

武延绪云当作"忽若去而不信兮"。案武说近是。忽犹恍忽也。此盖言身虽去国,犹疑未去,心志瞀乱,若在梦中也。《渚宫旧事》亦有去字。朱本,朱燮元本,大小雅堂本同。

瞭杳杳而薄天（一云杳冥冥而薄天）

案"杳杳"当作"冥冥",字之误也。"瞭冥冥"即"杳冥冥"。(瞭一音杳,见《九辩》洪氏《补注》。)《九歌·东君》曰"杳冥冥兮东行",《山鬼》曰"杳冥冥兮羌昼晦",《九叹·怨思》曰"经营原野,杳冥冥兮",《汉书·礼乐志·郊祀歌》曰"杳冥冥,塞六合",《列女传》六《赵津女娟传》曰"水扬波兮杳冥冥",皆"杳冥冥"连文。本篇"尧舜之抗行兮"以下八句互见《九辩》中,彼正作"瞭冥冥而薄天".一本瞭亦作杳,与此全同,是其确证。

信非吾罪而弃逐兮何日夜而忘之

案本篇用韵亦以二进,此处时丘之三字相叶,于例不
合。疑此二句下当更有二句,今本脱之。

抽　思

独永叹乎增伤

案本篇句中例不用乎字。《文选·长门赋》注,张平子
《四愁诗》注并引乎作而,当据改。

昔君与我诚言兮（诚一作成）

案诚当从一本作成。《左传·襄六年》曰"成言于晋",
《离骚》曰"初既与余成言兮",此"成言"义同。《李太白诗
集》一注引亦作成。朱本,朱燮元本同。

兹历情以陈辞兮（一作历兹情）

案当从一本作"历兹情"。《离骚》曰"喟凭心而历兹……就"重华而陈辞",《哀时命》曰"怀隐忧而历兹",皆曰历兹,不曰兹历。历兹即历兹情之谓。王《注》曰"发此愤思,列谋谟也",以"发"释"历","此愤思"释"兹情",是王本正作历兹情。

固切人之不媚兮

案"切人"无义。以上下文义求之,疑人当为言,声之误也。《诗·青蝇》"谗人罔极",《史记·滑稽列传》《汉书·武五子戾太子据传》《论衡·言毒篇》《新唐书·颜真卿传》引人并作言,《韩非子·显学篇》"象人百万,不可谓强",象人或作俑言,并其比。贾山《至言》曰"切直之言,明主所欲急闻",《说苑·贵德篇》曰"愿陛下察诽谤,听切言"。是切言者,犹直言也,故曰"不媚"。

何毒药之謇謇兮 (一作何独乐斯之蹇蹇兮)

案毒药当作独乐,之当作斯。"何独乐斯蹇蹇兮,愿荪美之可光"(原作完,从一本改)者,犹言余何以独好为此謇謇忠直之言哉,冀君美德可以光大也。《离骚》曰"余固知謇謇之为患兮,忍而不能舍也,指九天以为正兮,夫唯灵修之故也",即此二句之怡。今本独乐作毒药者,盖涉注文"忠言(各本均误作信,今正)不美,如毒药也"而误。不知古谚虽以毒药喻忠言,忠言谓之謇謇可也,毒药谓之謇謇,则不可。且王逸注此书,有依字立训,逐句作解者,此寻常传注之体。有檃括句义,自铸新词,大都为四言韵语者,此王氏自创之变体。本篇注文属后例,故注与正文间,不能字栉句比,一一印合。此注"毒药"之语,自是借用古谚成喻以发明正文謇謇之义,奚必正文有"毒药"字哉?后人徒以"独乐"与"毒药",或则声迻,或兼形似,遂据以径改正文,俱矣。朱子从一本作"独乐斯",最是,惟"斯"下"之"字,于义似赘,删之为是。

愿荪美之可完（完一作光）

马瑞辰云完当从一本作光。光与亡韵。案马说是也。光,充也,大也。（互详上条）

望北山而流涕兮临流水而太息

案本篇韵例亦以二进,此处侧得息三字相叶,依例亦当脱二句。寻上文"道卓远而日忘兮,愿自申而不得"二句无注,当系今本夺漏。以常情推之,所夺正文二句,宜在所夺注文邻近,故又疑夺去二句当在"望北山"句上。

魂识路之营营

案识路当为织络,字之误也。《后汉书·张衡传·思玄赋》"庸织络于四裔兮",注曰"织络犹经纬往来也,织或作识",《文选》络作路。《范书》一本与《文选》字各有误,与此适同。《诗·青蝇》传曰"营营,往来貌"。织络为往来,营营为往来之貌,故曰"魂织络之营营"。且上云"愿径逝而未得兮",径者直也,径逝未得与织络营营,义亦相成。王《注》曰"精灵主行,往来数也,或曰识路,知道路也",是王所据本作职路,别本始作识路,然而皆非也。

怀　沙

眴兮杳杳

案"眴兮"当作"眴眃",句末当补兮字。眴与眩古字通。(《文选·剧秦美新》注)《文选·思玄赋》"儵眩眃兮反常闲",旧注引《苍颉篇》曰"眩眃,目视不明貌"。王《注》曰"杳杳,深远貌也"。"眴眃杳杳"四字义近,犹下文"孔(空)静幽默"亦四字一义也。今本因眃缺损作云,草书云兮近形,遂误作兮。句中眃误作兮,后人复删句末兮字,则与全篇句法不一律矣。

易初本迪兮

案本疑当作变。变卞古通（《书·尧典》"于变时雍"，《孔庙碑》作卞。《顾命》"率循大卞"，《庄子·天下篇》作"唯循大变"）。此盖本作"易初卞迪"，卞迪即变道（道迪古亦通，《书·君奭》"兹迪彝教"，《史记》作道，"我道惟宁王德"，马本作迪），卞与草书本相似，故误为本。"易初变道"，与下文"章画志墨"语例同，皆二词平列，上一字动词，下一字名词，而义各相同。"易初变道兮，君子所鄙"，又与《思美人》"欲变节以从俗兮，愧易初而屈志"，语意相仿，此以"易初"与"变迪（道）"对文，犹彼以"易初"与"变节"对文也。王《注》曰"迪，道也"（各本均脱此三字。《史记》迪作由，《集解》引王《注》"由，道也"，今据补）……言人遭世遇（句中似有脱字），变易初行，违（各本误远）离常道，贤人君子之所耻不忍为也"，正以"违离常道"释"变迪"二字。（释"变"为"违离"者，上已释"易"为"变易"，此不得不变词以避复。）

玄文处幽兮（《史记》作幽处）

案当从《史记》作"幽处"。"玄文（冥）幽处"与下文"离娄微睇"文相偶，处睇皆动词，幽微皆副词也。王《注》曰"居于幽冥之处"，似王本亦作幽处。

蒙瞍谓之不章（《史记》无瞍字）

案当从《史记》删瞍字。"蒙谓之不章"，与下文"瞽以为无明"句法一律。王《注》曰"蒙，盲者也"，不释瞍字，是王本无此字，其引《诗》"蒙瞍奏公'，又云"则蒙瞍之徒以为不明也"者，乃以蒙瞍释蒙字，非必正文有瞍字也。今本据注以增正文，非是。

夫惟党人鄙固兮羌不知余之所臧（《史记》作夫党人之鄙妒兮羌不知余所臧）

案当从《史记》移之字于"党人"下，作"夫惟党人之鄙固兮，羌不知余所臧"。元本同《史记》。朱本正作"夫惟党人之鄙固兮"。

邑犬之群吠兮吠所怪也，（一云邑犬群兮吠所怪也，《史记》无之字）

案当从《史》作"邑犬群吠兮，吠所怪也"。一本"之"字亦未衍，惟"群"下敚"吠"字。柳宗元《答韦中立论师道书》引无之字。李璧《王荆公诗注》三一《次韵张氏女弟吟雪》注，三八《次韵答陈正叔》注引亦无。朱本，元本，朱燮元本，大小雅堂本并同。

岂知其何故（一本句末有也字，《史记》作岂知其故也）

案当从《史记》作"岂知其故也"。朱燮元本，大小雅堂本同。《索隐》引岂作莫，亦通。

邈而不可慕（一本句末有也字，《史记》作邈不可慕也）

案当从《史记》作"邈不可慕也"。朱燮元本，大小雅堂本同。

惩连改忿兮（《史记》连作违）

王念孙云连当从《史记》作违。违与愇通，《广雅·释诂》四曰"愇，恨也"。"惩违"与"改忿"对文。案王说是也。朱本亦作违，朱燮元本，大小雅堂本同。

浩浩沅湘分流汩兮（分一作汾）

案一本分作汾，最是。汾读为溢，《汉书·沟洫志》注曰"溢，涌也"，郭璞《江赋》曰"溢流雷煦而电激"，汾流即溢流。《列子黄帝篇释文》曰"汩，涌波也"。汾汩义近，故曰"汾流汨"。古者南楚诸水皆曰湘,诸湘有江湘,沅湘,潇湘,即江水,沅水,潇水。"浩浩沅湘,汾流汨"者,谓沅湘之水,溢涌减汨而流也。今本字作分,不知者鲜不训为分别,而以沅湘为二水者。王《注》不释分字,盖即如字读之。

道远忽兮 (《史记》自道远忽兮以下有曾吟恒悲兮、永叹慨兮、世既莫吾知兮、人心不可谓兮四句)

案《史记》此下四句即本书后文"曾伤爰哀,永叹喟兮,世溷浊莫吾知,人心不可谓兮"四句之异文。朱本文从本书,次依《史记》,按之文义,最为允洽。当据以乙正。(《史记》于下文又出"曾伤爰哀,永叹喟兮,世溷不吾知,心不可谓兮"十八字(朱燮元本,大小雅堂本同),王引之以为后人据《楚辞》增入,而不知其文为复出也。张文虎说同。案《史记》"乱曰"以下,每句末皆有兮字,独此四句中才两用兮字,与本书乱词之韵例适合,其为后人据本书增入无疑。)

怀质抱情独无匹兮

朱子云,匹为正之误(匹俗作疋,与正形近),正与程韵。《哀时命》曰"怀瑶象而握琼兮,愿陈列而无正",语意本此。案朱说是也。《史记》亦误作匹。惟日本泷川龟太郎《史记会注》引枫本三本并作正,不知彼邦旧本《史记》如此,抑据朱说改之。

万民之生（一云民生有命，《史记》民作人，一云民生禀命）

案当从一本作"民生禀命"。《国语·晋语》七曰"将禀命焉"，《楚语》上曰"是无所禀命也"，是"禀命"为古之恒语。王《注》曰"言万民禀受天命"，正以"禀受天命"释"禀命"二字。宋本及泷川《会注》本《史记》并作"民生禀命"。朱本，元本同。

曾伤爰哀永叹喟兮世溷浊莫吾知人心不可谓兮

案四句当移在上文"道远忽兮"下，说详彼条。

思美人

因归鸟而致辞兮羌宿高而难当（一云羌迅高而难寓）

案宿当从一本作迅。迅有跃义，《说文》曰"跃，迅也"，跃训迅，则迅亦训跃。又有飞义，《说文》曰"凡，疾飞也"，凡为迅之初文。合此二义，则直飞刺上亦谓之迅。"因归鸟而致辞兮，羌迅高而难当"者，谓将畀辞于鸟，而鸟已高举也。

曹植《九愁赋》曰"愿接翼于归鸿,嗟高飞而莫攀",陈琳《止欲赋》曰"欲语言于玄鸟,玄鸟逝以差池",语意并与此相仿。《文选·王仲宣〈赠公孙文始诗〉》注引此正作"羌迅高而难当"。朱本,朱燮元本,大小雅堂本同。一本"难当"作"难寓",字之误也。

勒骐骥而更驾兮造父为我操之

案本篇用韵亦以二进,此处之时期三字相叶,于例不合,疑此二句下原有二句,今本脱之。

与缥黄以为期 (缥一作曛)

案曛缥正借字。《文选·谢灵运〈晚出西射堂诗〉》注,慧琳《一切经音义》八四引并作曛。朱燮元本,大小雅堂本同。

吾谁与玩此芳草 (此一作斯)

案草与上文莽不叶。《远游》《哀时命》并云"谁可与玩斯遗芳"。疑此亦本作"吾谁与玩斯遗芳",芳与莽韵。("莽"于《离骚》《怀沙》二篇,与鱼部字相叶,此疑仍读入阳部。《悲回风》"莽芒芒之无仪",犹下文之"罔芒芒之无纪",《远游》"时暧暧其曭莽兮",曭莽叠韵连语,可证本书莽字亦有莫朗切之音。)今本作"此芳草"者，正犹《远游》一本之亦作"此芳草"也。

观南人之变态

案人疑当为夷，金文夷作ㄟ，与人同字，故古书人夷每相乱。《涉江》曰"哀南夷之莫吾知兮"，此亦当是南夷。变态犹异状（《荀子·君道篇》"并遇变态而不穷"，《文选·子虚赋》"殚睹众物之变态"，《上林赋》"览将帅之变态"，《西京赋》"尽变态乎其中"，薛《注》曰"变，奇也"），谓殊方土人之异俗，如上文"解萹薄（苻）与杂菜兮，备以为交（绞）佩"（《墨子·辞过篇》"古之民未知为衣服时，衣皮带茭"，《尚贤中篇》"傅说被褐带索"，《韩诗外传》十"楚丘先生披蓑带索"。带茭即带索。《仪礼·丧服》"苴绖杖绞带"，《传》曰"绞带者绳带也"。茭与绞同，交（绞）佩即绞带，谓以草为带也）之类是矣。

芳与泽其杂糅兮羌芳华自中出

案出字不入韵，疑二句上或下脱去二句。

纷郁郁其远承兮（承一作蒸）

案纷当为芬,承当从一本作蒸,并字之误也。郁郁,香气也。(《后汉书·冯衍传》注)气上行曰蒸。"芬郁郁其远蒸",犹言香气远闻也。朱本承作烝,烝蒸同。

羌居蔽而闻章 (一云居重蔽而闻章)

案一本作"居重蔽而闻章",义长。扬雄《逐贫赋》曰"人皆重蔽,予独露居",重蔽之义同此。闻谓声闻,章同彰,显也,言虽居于重蔽之室内,而声闻犹能彰显于外也。

广遂前画兮未改此度也命则处幽吾将罢兮愿及白日之未暮 (一本句末有也字)独茕茕而南行兮思彭咸之故也

案此文疑当作"广遂前画兮,未改此度也,命则处幽兮,吾□□□也。时暧暧其将罢兮,愿及白日之未暮也,独茕茕其南行兮,思彭咸之故也"。度暮故三字相叶,依二进韵例,当脱一韵。"命则处幽,吾将罢兮",词意不属,疑下句文多夺漏,写者缀合残余,以为一句。《离骚》《哀时命》并云"时暧暧其将罢兮"。此"将罢兮"上若补"时暧暧其"四字,则与下句语意适合。既以"将罢兮"三字属下读,则"吾"下之"□□□也"四字,"幽"下之"兮"字,又均可以上下句法推得之。暮下一本有也字,与上下句法合,今亦据补。

惜往日

被离谤而见尤（离一作谰）

案《七谏·沉江》曰"正臣端其操行兮,反离谤而见攘",与此"何贞臣之无罪兮,被离谤而见尤"语意酷似,疑此文被为反之讹,反讹为皮,因改为被也。"反离谤而见尤"与《惜诵》"纷逢尤以离谤兮"语亦相仿。一本以"被离"义复而改离为谰,朱本从之,殆不可凭。

身幽隐而备之

案备字无义,疑当为避,声之误也。（俗读避备声相乱。《吕氏春秋·节丧篇》"奸邪盗贼寇乱之患,慈亲孝子备之者,得葬之情矣",俗本备作避。《淮南子·主术篇》"闺门重袭以备奸贼",备今亦误作避。并王念孙说。）"惭光景之诚信兮,身幽隐而避之,临沅湘之玄渊兮,遂自忍而沉流"者,避谓避光景,有惭于光景,故欲避之而隐身于玄渊之中也。《史记·贾生传·吊屈原文》曰"袭九渊之神龙兮,沕深潜以自珍,弥融爚以隐处兮,夫岂从蟜与蛭螾"。《正义》引顾野王曰"弥,远也。融,明也。爚,光也。没深藏以自珍,弥远光明以隐处也"。"弥融爚"《汉书》作"蝒蟓獭",《注》引应劭曰"偭,背也"。案弥俪一声之转,背与远离义近,背之亦即避之。彼言背绝光明以从神龙于九渊之下(《悲回风》"蛟龙隐其文章"),此言避去光景而自隐于玄渊之中,义可互参。

谅聪不明而蔽壅兮(一云不聪明)

案《广雅·释诂》四曰"聪,听也"。聪不明即听不明。《易·噬嗑》上九《象传》曰"何校灭耳,聪不明也"。《释文》引马《注》曰"耳无所闻",《夬》九四《象传》曰"闻言不信,聪不明也",《正义》曰"聪,听也"。是"聪不明"为古之恒语。一本作"不聪明"(朱燮元本,大小雅堂本同),朱子又疑当作"谅聪明之蔽壅兮",均非。

背法度而心治兮(治一作殆)

案《韩非子·用人篇》曰"释法术而用心治",语意与此同。一本治作殆,非是。

橘　颂

类可任兮(一云类任道兮)

案当从一本作"类任道兮"。道与丑韵，如今本，则失其韵矣。精读为绮，赤黄色也。"绮色内白"犹李尤《七叹》云"金衣素里"。任犹抱也。(《诗·生民》传)此言橘之为物，焜煌其外，洁白其里，如抱道者然也。王《注》曰"故可任以道而事用也"，是王本尚不误。朱本，元本亦作"类任道兮"。

不终失过兮 (一云终不失过兮)

案一本作"终不失过兮"，于文为顺，当从之。王《注》曰"终不敢有过失也"，是所据本未倒。《草堂诗笺》一《与李十二白寻范十隐居》注引亦作"终不失过兮"。朱燮元本，大小雅堂本同。朱本，元本及《困学纪闻》一〇引并作"终不过失兮"，"终不"二字是，"过失"二字倒。

悲回风

伤太息之愍怜兮 (怜一作叹)

案作"愍怜"者是也。《九辩》曰"心闵怜之惨凄兮"，愍怜即闵怜。慧琳《一切经音义》八九引此作悯怜，悯闵同。一本作愍叹，盖涉王《注》"忧悴重叹"之文而误。

居戚戚而不可解 (一无可字)

案"居"与上下文"愁""心""气"诸字义不类。王《注》曰"思念憔悴,相连接也",疑居为思之误。又案"不"下当从一本删"可"字。"居戚戚而不解",与上文"愁郁郁之无快"(之一作而),下文"心羁羁而不形"(原误形,详下条),"气缭转而自缔",句法一律。《文选·谢灵运〈游南亭诗〉》注,《潘安仁〈悼亡诗〉》注,《陆士衡〈答张士然诗〉》注引并无可字。朱燮元本,大小雅堂本同。

心羁羁而不形兮(形一作开)

案形当从一本作开,字之误也。(開缺损成开,后人妄沾彡旁以为形字。)王《注》曰"肝胆系结,难解释也",正以"难解"释"不开"之义。朱本,元本,王鏊本,朱燮元本,大小雅堂本并作开。

凌大波而流风兮托彭咸之所居

案此处纤娱居三字为韵,依二进韵例,当系脱去二句。考《离骚》云"吾将从彭咸之所居",与此"托彭咸之所居"语同。彼言彭咸所居,实指昆仑上层之天庭,则此言彭咸所居,亦当指下文"高岩之峭岸","雌霓之标颠"云云,而后文搋虹,扪天,吸露,漱霜,依风穴,冯昆仑,皆既至彭咸所居后之所从事。然则所谓"凌大波而流风"者,乃造彭咸之过程，非谓彭咸所居即在水中也。然以彭咸所居之远，造之之过程，似又不只凌波流（游）风一事，故疑此处所脱二句，当在"凌大波"与"托彭咸"二句之间。

忽倾寤以婵媛（一作掸援）

案婵媛当从一本作掸援，详《离骚》"女媭之婵媛兮"条。

重任石之何益（一云任重石）

案当从一本作"任重石"。任犹抱也，"任重石之何益"，犹蔡邕《吊屈原文》曰"顾抱石其何补"。王《注》曰"虽欲自任以重石"，是王本正作"任重石"。朱本，朱燮元本，大小雅堂本并同。

心絓结而不解思蹇产而不释（一本无此二句）

案二句正文及注皆互见《哀郢篇》中。陆侃如氏云，二句本《哀郢》文，后人误加于此。依章句例，凡已注者皆不再注。本篇若原有此二句，则注当云"皆已解于《哀郢》中"。今则逐字加注，且与《哀郢》注同，可证正文及注皆自《哀郢》移此。案陆说是也。古音释在鱼部（本书《惜诵》叶释白，《哀郢》叶跖客薄释，《招魂》叶托索石释，《大招》叶酪莼薄释），而此与支部之积击策迹适愁相叶,与古韵不合,是亦二句后人私加之确证。然以二进韵例推之,此处当本有二句,今本脱之,后人始以《哀郢》语补入耳。

远　游

怊惝恍而乖怀

案"乖怀"二字无义。乖当为永,字之误也。《诗·卷耳》曰"维以不永怀",《正月》曰"终其永怀"。此与《九怀·匡机》"永怀兮内伤"并用《诗》语。永怀与遥思对文。今本作乖,盖以二字形近,又涉注文"志乖错也"而误。《文选·谢玄晖〈郡内登望诗〉》注,王质《诗总闻》——《沔水》注引并作永。朱本,元本,王鏊本,朱燮元本同。

闻赤松之清尘兮 (尘一作虚)

案《列仙传》上《赤松子传》曰"赤松子者,神农时雨师也。……往往至昆仑山上……随风雨上下"。《师门传》曰"一旦风雨迎之"。他书亦每言神人出入以风雨。《九歌·大司命》曰"令飘风兮先驱,使冻雨兮洒尘"。清尘犹洒尘也。
(《韩非子·十过篇》"风伯进扫,雨师洒道",《淮南子·原道
篇》"令雨师洒道,使风伯扫尘"。《文选·东京赋》"清道案
列",清道亦即洒道。)此言赤松清尘,谓其乘风雨飞升耳。
(《史记·司马相如传》"犯属车之清尘",《文选·七发》"杂杜
若,蒙清尘",均以清为形容词,与此义迥异。)一本尘作虚,
非是。《文选·潘安仁〈怀旧赋〉》注,《卢子谅〈赠刘琨诗〉》
注,《谢玄晖〈和伏武昌登孙权故城诗〉》注引亦作尘。各本
并同。

晨向风而舒情（晨一作长）

案晨当为长,字之误也。向风舒情,奚必晨旦? 一本作
长为允。朱本,元本作"长向风",与一本合。《文选·魏文帝
〈杂诗〉》注,《张孟阳〈七哀诗〉》注并引作"向长风",亦通。

夕晞余身兮九阳（兮一作乎）

季君镇淮云,兮当从一本作乎。《离骚》于二句分用
"于""乎"二介词时,例上句用于,下句用乎。(案详《离骚》
"朝吾将济于白水兮"条)本篇模仿《离骚》而作,此等语法,
犹不失屈子轨范,"朝发轫于太仪兮,夕始临乎於微闾"
(《释文》"於,於其切"。案"於微闾"三字一名,即《尔雅》之

"医无间"，於微医无声之转），"轶迅风于清源兮，从颛顼乎增冰"，其明证矣。此文"朝濯发于汤谷兮，夕晞余身乎九阳"，亦然。今本平作兮，传写之误耳。案季说是也。本篇句中例不用兮字。《文选·张平子〈思玄赋〉》注，《卢子谅〈赠刘琨诗〉》注，《海录碎事》一，《山谷内集》三《次韵张询斋中晚春》注并引作乎，与一本合。

淩天地以径度

俞樾云，天地当作天池。天池亦星名。《九歌·少司命》"与女沐兮咸池"，注曰"咸池，星名，盖天池也"，《九思·疾世》曰"沐盟浴兮天池"。案俞说是也。《哀时命》曰"势不能淩波以径度兮"，语与此相似，可证此言度亦谓度水。

意恣睢以担拼（拼一作矫）

案《补注》释文担音丘列切。《文选·射雉赋》"眄箱笼以揭骄"，徐《注》曰"揭骄，志意肆也"，又曰"《楚辞》揭骄作拮矫"。李《注》引《楚辞》曰"意恣睢以拮矫"。案"志意肆"之义与王《注》"纵心肆志"合，"拮""揭"与《释文》丘列切之音合，是担即拮、揭之借字。《集韵》担拮并同揭，音丘杰切，是也。担本音多罕切。担与揭（拮），于韵为阳入对转，于声由端知变见溪。（《说文》覩从见声（见母），重文作覸，从旦声

（端母），哲从折声（知母），古文作嚞，当从吉声（溪母）。）
《史记·司马相如传·大人赋》"掉指桥以偃蹇兮"，《索隐》曰
"指，居桀切"。（今本《史记》无此文，见本书洪《补注》引。）案
"指"知纽，古读归端，此音居桀切，亦犹担之丘列切。"指桥"
亦即"拮抪""揭骄"耳。要之，形况之词，本无定字，本篇担
抪字徐李二《注》引作拮，但取音同，不妨两是。学者若以丘
列切之音罕闻而疑担为拮之误字，则过矣。

张咸池奏承云兮二女御九韶歌使湘灵鼓瑟兮令海若舞冯夷

案此文当作"张《咸池》奏《承云》兮，令海若舞冯夷，使
湘灵鼓瑟兮，二女御《九韶》歌"，夷与上文妃韵，歌与下文蛇
韵也。今本"令海若"句与"二女御"句误倒，则失其韵矣。

玄螭虫象并出进兮

案象疑当为豸，字之误也。豸俗作豖若豖，与象形近，故
误为象。（《唐大诏令集》《旧唐书·韦陟传》《吉温传》吴豸之，
《郎官石柱题名》作豖，《全唐诗》又误作象。）《说文》曰"豸，
兽长脊，行豸豸然"，《系传》曰"豸豸，背隆长貌"。"玄螭虫豸
并出进兮，形蟉虬而逶迤"，盖指鱼龙漫衍之戏，《西京赋》所
谓"巨兽百寻，是为曼延"是也。王本作象，《注》中一说谓象
为罔象，失之。

卜　居

往见太卜（一本此句上有乃字）

案当从一本补乃字。《御览》七二六,《合璧事类·后集》
九引亦有。《文选》及朱本,元本,王鏊本,朱燮元本,大小雅
堂本并同。

将泛泛若水中之凫乎（一无乎字）

案当从一本删乎字。"将泛泛若水中之凫,与波上下,
偷以全吾躯乎"十八字总为一句。《御览》七二六,《合璧事
类·别集》六九引亦无乎字。朱本同。

龟策诚不能知事（一云知此事）

案当从一本增此字。詹尹但言龟策不能知屈原所问一事，非谓凡事皆不能知也。《御览》七二六引有此字，《文选》亦有。朱燮元本，大小雅堂本并同。

渔　父

圣人不凝滞于物（《史记》作夫圣人者）

案《史记》有"夫""者"二字，语意较明，当从之。

何故深思高举自令放为 （《史记》作何故怀瑾握瑜而自令见放为）

案"深思"之思，疑当为逝，误与《惜诵》"愿曾思而远身"同。（说详彼条）"深逝高举"谓避世远引，如鱼之潜深，鸟之飞高也。然"深逝高举"乃自放之谓，与下文"自令放"为被放之意龃龉。《史记》作"何故怀瑾握瑜而自令见放为"，于义为长，当从之。王《注》曰"独行忠直"，似所据本亦作"怀瑾握瑜"。

而蒙世俗之尘埃乎（一无而字）

案当依一本删而字，"安能以皓皓之白，蒙世俗之尘埃乎"，与上文"安能以身之察察，受物之汶汶乎"，句法一律。《文选》无而字。《类聚》六，《白帖》三，《御览》三七，《史记·屈原列传》索隐，《文选·鲍明远〈拟嵇中散言志诗〉》注，《山谷内集》一三《再次韵兼简履中南玉》注，又二〇《题淡山岩》注所引亦并无。

九　辩

登山临水兮送将归

案《御览》四八九,《初学记》一八,《白帖》五,又三四,《文选·秋兴赋》注引并无兮字,则以"憭慄兮若在远行登山临水送将归"作一句读,于义似胜。

泬寥兮天高而气清（清古本作瀞）

刘永济氏云清为瀞之通借。(《庄子·人间世篇》"爨无欲清之人",《释文》曰"清,凉也",《吕氏春秋·有度篇》"清有余也",高《注》曰"清,寒也",皆应作瀞。)一本作瀞,当为瀞之或体。《说文》曰"瀞,冷寒也,楚人谓冷曰瀞"。案刘说是也。《唐韵》清七正切,瀞七定切,音同,是清瀞一字。诸书清字训凉训寒者,均当为瀞之省。《书钞》一五四,《类聚》三,

《初学记》三,《御览》二五,《合璧事类·前集》一四,《文选·秋兴赋》注,《江文通〈杂体诗〉》注,《山谷内集注》二,《赠惠洪注》,李璧《王荆公诗注》三八《登中茅山注》,王得臣《麈史》中引并作清。曹植《秋思赋》曰"云高气静兮露凝衣",疑所见即作瀞之本,而读瀞为静也。王《注》曰"秋高气朗,体(《山谷内集注》一《次韵刘景文登邺王台见思注》引作气)清明也",读清如字,则与下句清字韵复矣。(本书同字例不连叶。《离骚》"来吾道夫先路……既遵道而得路",上路读为辂,"岂唯是其有女……孰求美而释女",下女读为汝,本篇"泬寥兮天高而气清,寂寥兮收潦而水清",上清读为清,皆其例。详《离骚》"昔三后之纯粹兮……"条。)

坎廪兮贫士失职而志不平(廪一作壈)

案壈廪正借字。《文选》作壈。《类聚》五五,《初学记》一八,《御览》二五引并同。原本《玉篇·车部》引作轥,轥与壈通。

惆怅兮而私自怜

案而字疑衍。句中兮字本兼具虚字作用(详《九歌》"君回翔兮以下"条),"惆怅兮私自怜",犹"惆怅而私自怜"也。《文选·孙子荆〈征西官属送于陟阳侯作诗〉》注,《陆士衡

〈挽歌〉注,《张平子〈四愁诗〉》注引并无而字。(《西征赋》注引又有而字,无兮字,正以此兮字本具"而"之作用,故误改之。)

雁雝雝而南游兮（雝一作噰）

案一本作噰,正字。《书钞》一五四,《御览》二五引并作噰。《文选》作嗈,同。

悲忧穷戚兮独处廓（戚一作慼,《文选》作蹙）

案蹙正字,"悲忧"与"穷蹙"对文。一本读戚如字,因改写作慼,则与悲忧义复矣。

窃独悲此廪秋（廪一作凛）

案凛正字。《类聚》三,《白帖》三,《御览》二五,《海录碎事》二,《合璧事类·前集》一四,《文选·闲居赋》注,《草堂诗笺》三一《咏怀古迹》笺,又三七《宿花石戍》笺,《五百家注韩集》一《秋怀诗》注,又三《感春》韩《注》,史容《山谷外集注》五《次韵感春注》,又六《定交诗注》引并作凛。《文选》亦作凛,朱熹元本,大小雅堂本同。

收恢台之孟夏兮（台一作炱）

案"收恢台之孟夏兮，然歛僭而沉藏"二句犹言夏去而
秋冬递来，"收"斥秋言，"沉藏"斥冬言也。然孟夏始去，不
能遽及秋候。疑孟当为盛，字之误也。《尚书大传》"夏者假
也，吁荼万物而养之外者也"，郑《注》曰"吁荼读为嘘舒"，
又"阳盛则吁荼万物而养之外也"，《注》曰"吁荼气出而
温"，是吁荼之义犹郁蒸也。"恢台""吁荼"一语之转。台本
一作炱，正字。恢炱字俱从火，故有郁蒸之义。盛夏阳气郁
蒸，熇然酷热，故曰"恢台之盛夏"。若为孟夏，则不得言"恢
台"矣。《类聚》三引孟正作盛，是其确证。

块独守此无泽兮

案通审全文，本篇盖旅途中所作。上文云"皇天淫溢而
秋霖兮，后土何时而得漧"，方恨积雨难霁，道途泥泞，无时
得漧，则下文不得又有"无泽"之叹。疑无当为芜之省借，或
误字。《风俗通义·山泽篇》曰"水草交厝，名之为泽"。久雨
则百草怒生，潢潦停潴而成斥卤，"芜泽"正言其水多也。王
《注》曰"不蒙恩施，独枯槁也"，殊失其义。（此意何君善周
所发）

凤愈飘翔而高举

案《御览》九一五，《事类赋注》一八引翔并作翱，殆是。"飘翱"叠韵连语。

泪莽莽与野草同死（泪一作泪）

案泪疑当从一本作泪。泪犹忽也，语助词，有"出其不意"之意。凡上句言"愿"，下句多言事与愿违。此曰"愿徼幸而有待兮，泪莽莽与野草同死"，愿泪对言以见意。

愿自往而径游兮

案"径游"无义。游当为逝，字之误也。（《九怀·陶壅》"吾乃逝兮南娭"，《九叹·远游》"旋车逝于崇山兮"，逝并一作游。《九叹》章目《远逝》一作《远游》，《远游》一作《远逝》。）逝，去也，"愿自往而径逝"，犹言愿自往而直去耳。《抽思》曰"愿径逝而未得兮"，《七谏·怨世》曰"绝横流而径逝"，皆言"径逝"，而《七谏·怨思》曰"愿壹往而径逝兮，道壅绝而不通"，与此曰"愿自往而径逝兮，路壅绝而不通"，文句几欲全同，尤本篇字当为逝之佳证。

灭规矩而改凿

案凿当为错，声之误也。(凿错二音古书往往相乱。《史记·晋世家》出公名凿，《六国年表》作错，是其比。)古韵错在鱼部，凿在宵部。此本以错与上文固相叶，后人误改作凿，以与下文教乐高叶，则固字孤立无韵矣。《离骚》曰"固时俗之工巧兮，偭规矩而改错"，《七谏·谬谏》曰"固时俗之工巧兮，灭规矩而改错"，本篇上文曰"何时俗之工巧兮，背绳墨而改错"，语意俱与此同，而字皆作错。《文选·思玄赋》注引此文作错，尤其确证。

愿托志乎素餐 (《释文》作食，音孙)

案餐当为飧。《说文》餐重文作湌，与飧形声俱近，故相涉而误。古韵飧餐异部。此与温垠春为韵，字当作飧，若作餐，则失其韵矣。《释文》作食，亦飧之讹，故音孙。龚颐正《芥隐笔记》引《九辩》作飧，所见本不误。

泊莽莽而无垠 (泊一作泪)

案泊当从一本作泪。"塞充倔而无端兮，泪莽莽而无垠"，二句意近平列。充倔犹莽莽(《方言》四"布而无缘……自关而西谓之祅襁"，充倔与祅襁同，无边缘貌也。莽莽即茫

茫,无涯际貌也),无端犹无垠(端谓端崖,垠谓垠鄂),蹇与
汨皆语助词也。(详上"汨莽莽与野草同死"条。)《芥隐笔
记》引作汨,与一本合。

无衣裘以御冬兮（御一作禦）

案御通禦。《书钞》一二九引亦作禦。

靓杪秋之遥夜兮

案靓读为靖。《方言》一曰"靖,思也",《文选·思玄赋》
李《注》曰"靖与靓同"。"靓杪秋之遥夜",犹言思量末秋将
至,昼渐短而夜渐长也。《文选·谢灵运〈登海峤初发彊中作
与从弟惠连见羊何共和之诗〉》注,《山谷内集注》一《戏答
俞清老道人寒夜注》,及《芥隐笔记》引靓作觐,非是。盖一
本靓讹作觐,隋唐间人误以觐觐为一字(曹宪《博雅音》觐音
狄,《集韵》《类篇》并承之,遂云靓一音狄,与觐同。然其说实
误,详王氏《广雅疏证》),故或改书作觐也。

焱壅蔽此明月

案焱当为焱,字之误也。焱脱烂成焱,又以形近误为
焱。张衡《思玄赋》曰"焱神化而蝉蜕",《后汉书·何进传》曰

"不临丧,不送葬,今欻入省,此意何为",欻与忽音义并同。字一作歘,玄应《一切经音义》六引《苍颉篇》曰"歘,卒起也"。"欻壅蔽此明月",犹下文"卒壅蔽此浮云"。《类聚》二引正作歘,是其确证。

云蒙蒙而蔽之……或黕点而污之

案"蔽""污"于韵不叶,初疑二字必有一误。继而思之,乃知不然。蔽古读为 * -ad,污读为 * -o。然二韵后皆有余声"之"字,其声母为 *te-。"蔽"之韵尾辅音 * -d,因与"之"之声母 *te- 相毗邻而失去(语言学家称此类为"接置省略"(Juxtapositional elision),则 *-ad 变为 * -a 矣。此以失去韵尾辅音之蔽(*-a)与污(* -o)通叶,正犹下文瑕(* -o)与加(* -a)通叶也。

窃不自聊而愿忠兮(聊一作料)

案料聊正借字。料犹虑也,"不自料"即不自谋虑。朱本亦作料。

瞭冥冥而薄天(瞭一作杳)

案《文选·江文通〈从冠军建平王登庐山香炉峰诗〉》注引亦作杳。杳正字。(互详《哀郢》"瞭杳杳而薄天"条)

今谁使乎誉之 (誉一作訾)

朱子初谓訾训相度,于义为长,又与知叶(案知訾亦只韵近通叶,说详下)作訾者是。继又见下文"得之""郭之"相叶,理不可晓,遂不得不谓二"之"字为韵,因以彼例此,又谓此文二"之"字亦自成韵,故誉亦无烦改作訾。案朱子后说非也。之字非韵,理无可易。(凡句末有语助词者,皆以上一字为韵,毛先舒《韵学通指》所谓"余声韵"是也。)下文"得之""郭之"为韵者,得乃将之讹(说详下),将与郭韵也。此文本自作訾,"知之"与"訾之",支脂合韵。訾训相,见《吕氏春秋·知度篇》高《注》。"无伯乐之善相兮,今谁使乎訾之","相"与"訾"为互文也。王《注》曰"后世叹誉,称其德也"者,訾又训叹(《汉书·礼乐志》注曰"訾,嗟叹之词也"),注乃以"叹誉"释"訾"字,非谓正文本有誉字也。后人不察,或援注中"誉"字以改正文,过矣。王鏊本,朱燮元本,吉藩本,大小雅堂本并作訾,与一本合。

惟著意而得之

案得字于义难通,又与郭不叶,疑得当为将,字之误也。(草书将作*将*,得作*得*,形近。)将读为奖。(《汉书·衡山王赐传》"皆将养劝之"注曰"将读曰奖"。)"惟著意而奖

之", 愿君留意而有以奖励己之忠行也。(互详上条)

通飞廉之衙衙 (通一作道)

案通当为道, 字之误也。(《管子·轻重甲篇》"鹍鸡鸹鸧
之道远",《韩非子·外储说右篇》"甘茂之吏道穴闻之",《吕
氏春秋·知己篇》"壤交道属",《淮南子·主术篇》"百官循
道",《史记·天官书》"气来卑而循车道者", 道今本皆讹作
通。) 道与导同。此文属与道对, 属谓属续于后, 道谓导引于
前也。吴仁杰《两汉刊误补遗》一○, 袁文《瓮牖闲评》一并引
作道,《玉篇·行部》《广韵》八语并引作导, 所据本皆不误。

前轻辀之锵锵兮 (轻一作轻)

案轻当为轻, 字之误也。(隶书轻或作轻(《刘衡碑》《冯
焕碑》与轻形近。)《说文》曰"轻, 轻车也",《招魂》"轩辀既
低", 注曰"轩辀皆轻车名"。辀为轻车, 故曰轻辀。下文曰
"后辎乘之从从", 辎乘谓重车。(《左传》宣十二年"楚重至
于邲", 杜《注》曰"重, 辎重也",《释名·释车》曰"辎车, 载辎
重卧息其中之车也"。) 车行轻者宜在前, 重者宜在后, 故曰
"前轻辀之锵锵兮, 后辎乘之从从"。若作轻, 则为车行后顿
之状, 无论"轻辀"连文, 已近不辞, 即与下句辎乘之文亦不
相偶称。朱本, 朱燮元本, 大小雅堂本并作轻辀, 与一本合。

招　魂

朕幼清以廉洁兮身服义而未沫主此盛德兮牵于俗而芜秽
上无所考此盛德兮长离殃而愁苦

　　案此段与全篇文意不属，疑本《大招》或《九辩》乱词，
误窜于此。又"主此盛德兮"句法独短，句上疑缺二字。"长
离殃而愁苦"句不入韵，以下似仍有脱文。

掌镂上帝其难从（一云其命难从，一云命其难从）

　　案疑当从一本于帝下增命字。全文读为"掌镂。上帝命
其难从！"言已职在掌镂，不习招魂之术，上帝之命，殆难听
从也。又一本亦有命字，惟误倒在"其"下耳。《文选》及朱
本，朱燮元本，大小雅堂本亦倒。

若必筮予之恐后之谢不能复用

案若字上疑脱"帝曰"二字。此数句又帝语。"若"斥巫
阳。谢,凋谢也。言帝谓巫阳曰:"汝必须筮予之,不则恐后
时而魂魄凋谢,不堪复用"也。上文巫阳已辞帝不能从命,
此文帝再晓巫阳以必须筮予之故,下文"巫阳焉乃下招"则
巫阳卒从帝命而往也。谛审全文,必增"帝曰"二字而后问
对之意乃明。

去君之恒干何为四方些(一作何为乎四方,乎一作兮)

案"为"下当从一本补"乎"字。《海录碎事》九上引乎作
兮,与又一本同。兮即乎之误字。

十日代出流金铄石些

案古言天有十日,更番运照,则一时仍只一日,此犹常
态也。又言十日并出(《庄子·齐物论篇》,《淮南子·本经
篇》,《御览》三引《逸周书》),则十日同时俱出,故其为热酷
烈,异于常时。此曰"流金铄石",则代当为并之讹。"十日并
出,流金铄石",犹《淮南子·本经篇》言"十日并出,焦禾稼,
杀草木"也。今本作代,或后人习闻代出之说而妄改。《类
聚》一,《白帖》一,《御览》四,《合璧事类·前集》一一,《文

选·刘孝标〈辨命论〉》注,《草堂诗笺》二八《雷笺》,《五百家注韩集》五卢仝《月蚀诗》孙《注》引俱作并,可据以正今本之误。

彼皆习之魂往必释些（皆一作自）

案自字义似较长。王《注》曰"言彼十日之处,自习其热",是所见本亦作自。

归来往恐危身些（一云魂兮归来）

案此处六段分言四方上下,每段末句皆作"归来兮……"。此"归来"下亦当补兮字,方与上下文句一律。一本作"魂兮归来",亦误。

此皆甘人

案依上来五段句例,此下似脱"□□□□些"五字。

归来恐自遗灾些（一作归来兮）

案一本作"归来兮",是。上文"归来兮恐自遗贼些",语意与此同,而句中亦有兮字,可资参证。

川谷径复

五臣《注》曰"径，往也"。(此据洪氏《补注》引，今本《文选》六臣《注》中无此文。)案径无往义，径即往之讹。隶书径或作徎，与往形近易混。上文"归来恐自遗灾些"王《注》曰"往必自与害，不旋踵也"，此本往即误作径。然此文王《注》训径为过，则所见本已误。

文异豹饰

案"文异豹饰"文不成义，疑当作"文豹异饰"。古书多言文豹。《庄子·山木篇》曰"夫丰狐文豹栖于山林"，《说苑·政理篇》曰"翟人有封狐文豹之皮者"，《三国志·魏志·东夷传》曰"土地饶文豹"，而《拾遗记》一曰"帝乃更以文豹为饰"，与此语意尤近。王《注》曰"言侍从之人皆衣虎豹之文，异采之饰"，是王本正作"文豹异饰"，惟以"虎豹之文"释"文豹"为未允耳。原本《玉篇·白部》引与今本同，则误自六朝已然。

鹄酸臇凫

梁章钜曰"以上下句例之，当是'酸鹄臇凫'"。案梁说是也。王《注》曰"言复以酸酢烹鹄为羹,小腼臄兔",是王本不误。《类聚》二五引亦作"酸鹄腼兔",尤其确证。

归来反故室敬而无妨些(一云归反故室,无来字)

案自"魂兮归来,入修门些"以下并乱词凡五段,除此段外,末皆云"魂兮归来……"。疑此本作"魂兮归来,敬而无妨些",与前后各段文句一律。今本"反故室"三字盖涉上下文"反故居些"而衍。后人见"魂兮归来反故室,敬而无妨些"句法冗长,乃或删"魂兮"二字如今本,或又删来字如一本也。然观王《注》云云,则此文之夺乱,盖自汉已然。

肴羞未通

陈本礼曰,通当为彻,避汉讳改。案陈说是也。《仪礼·大射仪》"乃彻丰与觯"郑《注》曰"彻,除也"。

菎蔽象棋(菎一作琨,一作箟)

案菎当从一本作箟,涉下蔽字从艸而误也。王《注》曰"菎,玉也。蔽,簙箸,以玉饰之也。或言菎蕗,今之箭里也",下注曰"以菎蕗(原误落)作箸,象牙为棋"。案下注从本注后说,得之。注文两"菎蕗"亦当作箟簬。(《韵语阳秋》一七

引下注如此,《西溪丛语》下引作篦籤。)篦籤即笛籤,竹名
也。篦蔽谓以篦籤之竹为篝箸。《白帖》三三,王应麟《急就
篇补注》三,葛立方《韵语阳秋》一七引并作篦。朱本同。

娱酒不废

王《注》曰"或曰'娱酒不发'"。案发废正借字。发谓酒
醒。《晏子春秋·谏上篇》曰"景公饮酒三日不发",又曰"君夜
发不可以朝发",皆谓酒醒。《贾子新书·先醒篇》曰"辟犹俱
醉而独先发也",先发即篇名之先醒也。(以上说本汪中《经
义知新记》)王《注》训发为旦,引《诗》"明发不寐"为证,不知
《诗》"明发"亦本训醒,则先儒汪中马瑞辰等已发其覆矣。

兰膏明烛华镫错些(镫一作雕)

案镫当从一本作雕。王《注》曰"言镫锭尽雕琢错镂,饰
(此下原有设字,从朱燮元本,大小雅堂本删)以禽兽,有英
华也",此以"雕琢错镂"释"雕错"二字。知之者,《类聚》八
〇,《初学记》二五并引正文作"华铜错",而《类聚》复引注
作"铜琢错镂",明是以"铜琢错镂"释"铜错"。作铜之本既
以"铜琢错镂"释"铜错",则作雕之本以"雕琢错镂"释"雕
错"明矣。考周同二字,古每通用。(《离骚》"何方圜之能周
兮",周一作同。《七谏·谬谏》"恐矩矱之不同",同一作周。

《庄子·徐无鬼篇》"德不能周也"《释文》本周作同。又《让王篇》"乃自投椆水"，《释文》椆又作桐。《古文苑·梁王菟园赋》"白鹭鹊桐"即鹊雕。)是铜与鋼(雕)古字亦当通用。《列女传》三《鲁臧孙母传》曰"食我以同鱼"，又曰"同者其文错"，《御览》七六三引上同字作铜，《玉烛宝典》四引曹大家《注》曰"鱼鳞有错文"。案铜与鋼通，鋼又与雕通，雕错一义，鱼鳞有错文者谓之铜鱼，即雕鱼矣。然则《招魂》一本作"铜错"，一本作"雕错"，字异而义实不异。后人但知铜为金名，而不知字亦与鋼通，因即据《注》中"镫锭"之文改铜为镫，谬矣。夫王《注》云云，但以上文有"兰膏明烛"之语，故知所谓"华雕错"者必指镫锭而言，奚必正文果有镫字哉？要之，此文作铜作雕皆是，惟不得作镫耳。《注》云"雕琢错镂"，是王本当作雕。唐写本《文选》亦作雕。

菉蘋齐兮白芷生

案菉，王刍，陆生之草，不得与蘋齐叶。菉当读为绿。"绿蘋"与"白芷"对文。齐，列也(《淮南子·原道篇》高《注》)，列，布也(《广雅·释诂》三)。"绿蘋齐叶"言蘋叶生而布列于水上也。唐写本《文选集注》引陆善经本菉正作绿。

君王亲发兮惮青兕

案本篇乱词逐句有韵，独此句兕字不入韵。疑"惮青

兕"当作"青兕惮"，先还先惮四字为韵也。惮读为殚。《尔雅
释木释文》引《字林》曰"殚，毙也"，《左传·襄二十七年》"单
毙其死"单亦毙也，单与殚同。"青兕殚"即青兕毙耳。

目极千里兮伤春心

王《注》曰"或曰'荡春心'"。案别本作荡最是，谓摇荡
春心也。今作伤者，盖涉下文"哀江南"而误。实则此哀字读
为依(《淮南子·说山篇》"鸟飞反乡，兔走归窟，狐死首丘，
寒将翔水，各哀其所生"，《文子·上德篇》哀作依)，"魂兮归
来哀江南"，言归来依江南而居也。（王《注》训荡为涤，云
"可以涤荡愁思之心"，亦未允。）

大　招

魂魄归徕无远遥只

案全篇皆云"魂乎归徕"，惟此及后文作"魂魄归徕"，疑魄皆乎之误。精气曰魂，形体曰魄，人死魂气散越，离魄而去，故祭有招魂复魄(见《周礼·夏采》先郑《注》，《仪礼·士丧礼》后郑《注》)，谓招魂使复归于魄，非招魄也。此云"魂魄归徕"，则并魄亦招之，揆诸事情，庸有当乎？

魂乎归徕无东无西无南无北只 (一云无东西而南北只)

案此下一段分言东西南北四方之害，以戒魂勿往。于"南有炎火千里，蝮蛇蜒只"上则曰"魂乎无南"，于"西有(原误方，详下)流沙，漭洋洋只"上则曰"魂乎无西"，于"北有寒山，逴龙赪只"上则曰"魂乎无北"。独于"东有大海，溺水浟浟只"上,乃不曰"魂乎无东",而曰"魂乎归徕,无东无西,无南无北只",揆诸词例,已为不伦,况北字又不入韵哉?今疑古本只作"魂乎无东"四字,与余三方词例一律。其"归徕"二字及"无西无南无北只"等七字,皆后人援王《注》而妄沾。不知《注》云"无散东西南北,四方异俗,多贼害也",乃总释以下之辞,读者不悟,据以补苴正文,斯为蛇足矣。朱子又欲于"东有大海"上别补"魂乎无东"四字,亦非。

螭龙并流上下悠悠只

案流游古通(《汉书·项籍传》"必居上游"《注》引文颖曰"游或作流"),谓螭龙相傍而浮游也。王《注》曰"复有螭龙神兽,随流上下,并行遊戏",似以"并行遊戏"释"并游"二字(游遊通),然则王本字正作游。

山林险隘 (林一作陵)

案山石巉岩,可言险隘,林薄则否。林当从一本作陵。陵林声近,古书往往相乱。《庄子·齐物论篇》"山林之畏佳(崽崔)",奚侗云当为山陵,《六韬·绝粮篇》"依山林险阻,水泉林木而为之固",《通典》五七引作山陵,并其比。(汉《铙歌·上陵篇》,余谓即上林(详《乐府诗笺》),则又林误为陵之例。)《六韬》语意与此全同,而陵亦误林,尤本书林当为陵之佳证。

西方流沙

案方疑当为有,字之误也。(篆书有坏为𢆘,与方形近。)"西有流沙"与上文"东有大海","南有炎火千里",下文"北有寒山",句法一律。

魂魄归徕间以静只

案魄当为乎,详上"魂魄归徕无远遥只"条。

魂兮归徕恣所择只 (一作魂乎徕归)

案全篇皆作"魂乎归徕"。此兮字当从一本作乎,以归划一。

思怨移只 (古本作怨思移只)

案"思怨"二字当从古本乙转。王《注》曰"移,去也,言美女可以忘忧,去怨思也",是王本"怨思"二字未倒。

曲屋步墉宜扰畜只

案本篇通例,每换一韵,皆殿之以"魂乎归徕,□□

□只"二句。此处独无,盖传写脱之。当补入。

鹍鸿群晨

案此文曰"鹍鸿群晨",下文曰"鸿鹄代游",两鸿字复出,必有一误。然古书多言"鸿鹄",罕言"鹍鸿",疑鹍鸿之鸿为鹤之误。鹍鸡与鹤,其鸣皆以晨夜,故曰"鹍鹤群晨"。(晨即《书·牧誓》"牝鸡无晨"之晨,谓晨鸣也。)《七谏·自悲》曰"鹍鹤孤而夜号兮",亦鹍鹤并举,是其明证。王《注》曰"鸿,鸿鹤也",疑本作"鹤,鸣鹤也"。(《易·中孚》九二"鸣鹤在阴",张衡《思玄赋》"鸣鹤交颈"。)下注曰"言鹍鸡鸿鹤,群聚候时","鸿鹤"亦当为"鸣鹤",下文"鹤知夜半,鹍鸡晨鸣,各知其职也",可证。

魂兮归徕正始昆只(兮一作乎)

案兮当从一本作乎,详上"魂兮归徕恣所择只"条。

尚贤士只(一云尚进士只,一云进贤士只)

案尚,举也。(《广雅·释诂》二)"尚贤士"与"禁暴苛"对举,犹后文"举杰压陛"与"诛讥罢"对举,尚贤即举杰也。一本作"尚进士",一本作"进贤士",盖涉《注》文"楚方尚进贤士"而误改。王得臣《麈史》中引亦作"尚贤士"。各本并同。

禁苛暴只

案"苛暴"当为"暴苛"。苛与罢麋施为等字为韵,如今本则失其韵矣。王《注》曰"禁绝苛刻暴虐之人",似王本已倒。

魂乎徕归国家为只

案全篇皆作"魂乎归徕",此及后文"魂乎徕归"亦当作"归徕",以与全篇一律。朱本不误。

登降堂只(降一作玉)

案降当从一本作玉。宋玉《风赋》曰"然后倘佯中庭,北上玉堂,跻于罗帷,经于洞房,乃得为大王之风也",此楚国宫禁殿堂之称玉堂者也。"三公穆穆,登玉堂"与下文"诸侯毕极"对举。三公登堂,诸侯毕至(《尔雅·释诂》"极,至也"),事为同类,彼但言至不言往,则此亦当但言登不言降。王《注》曰"上下玉堂,与君议政",此本敷衍辞义,但取便文,不为典要,后人乃援《注》中"下"字以改正文"玉"为"降",其失也迂。

魂乎徕归尚三王只

案"徕归"当作"归徕",详上"魂乎徕归国家为只"条。朱本不误。

惜　誓

白虎骋而为右騑

案騑字不入韵,疑此下脱去二句。

循四极而回周兮

案《御览》九一五,《事类赋》一八《注》引并作周回,《类聚》九九引作周回。然班彪《览海赋》曰"历八极而回周兮","周回""回周",倒顺两用,均无不可。《白帖》九四引此作回周。朱本作回周,并与今本合。

见盛德而后下

案《白帖》九四,《御览》九一五引见并作览,疑是。贾谊《吊屈原赋》曰"凤皇翔于千仞兮,览德辉而下之",或即此文所本。(本篇与贾赋语意颇同,王逸引或说遂以本篇为贾作,无据。)

招隐士

溪谷崭岩兮水曾波（曾一作增）

案《文选》作层。原本《玉篇·山部》，《文选·郭景纯〈游仙诗〉》注引并作增。曾与层增并通。

憭兮栗（栗一作慄）

案唐写本及今本《文选》并作慄。朱燮元本，大小雅堂本同。《合璧事类·别集》三八引亦同。栗慄通。

虎豹穴（穴一作岈）

案穴疑为突之坏字。"虎豹突"与上文"虎豹嗥"，下文"虎豹斗"句法同。"虎豹突，丛薄深林兮人上慄"者，谓虎豹奔突,人惧而攀登林木以避之也。(互详下条)今本突坏为穴,则与下句文意不贯。王《注》依坏文释之曰"穿嵝(二字原倒,从段玉裁乙正)崃也",一本又据王《注》改正文为崃(《文选》及朱燮元本,大小雅堂本并同),则歧中之歧矣。唐写本《文选》仍作穴,引五臣本,陆善经本并同。

又案以"猿狖群啸兮虎豹嗥","虎豹斗兮熊罴咆"二句例之,"虎豹突"上疑脱"□□□兮"四字。"囷兮汹,憭兮栗,□□□兮虎豹突",与上文"块兮轧,山曲岪,心淹留兮洞慌忽"句法一律。

丛薄深林兮人上慄（上一作之）

案上犹升也,谓人攀升林木之上,则惴慄而惧也。《淮南子·齐俗篇》曰"深溪峭岸,峻木寻枝,猿狖之所乐也。人上之而慄"。(《庄子·齐物论篇》曰"木处则惴慄恂惧,猿猴然乎哉",即此所本。)"人上慄"犹言"人上之而慄"也。一本上作之无义,疑"之"为"止"之误,然亦非本书之旧。《简斋诗集笺注》一八《独立注》又引人作又,亦误。唐写本及今本《文选》并作"人上慄",朱本,朱燮元本,大小雅堂本并同。(互详上条。)

树轮相纠兮林木茂骫

案"树轮相纠"无义,疑当作"轮囷相纠"。邹阳《狱中上梁王书》曰"轮囷离奇",枚乘《七发》曰"中郁结之轮囷",左思《吴都赋》曰"轮囷纠蟠",咸以"轮囷"状树干盘曲貌。本篇"轮囷相纠",义同。《御览》九五三引作"树轮囷以相纠兮",虽衍树以二字,而囷字犹未脱。此当删树字,从《御览》补囷字。

青莎杂树兮蘋草霏靡（蘋一作蓱）

案一本蘋作蓱,非是。《说文》"蘋,青蘋似莎者"。《淮南子·览冥篇》"路无蘋莎"（二字原倒，从王引之乙转）。高《注》曰"蘋读猿猴蹯躁之蹯,状如葴,葴如葭也"。《汉书·司马相如传上》"薛莎青蘋",《注》曰"蘋,似莎而大"。莎蘋同类,故每并称。此亦与莎并称,则字本作蘋无疑。且蘋状如葴葭,乃得从风动摇,其状霏靡然。若作蓱,则不当言"霏靡"矣。《文选》作蘋,唐写本同,又引骞公音烦。《御览》九〇六引亦作蘋（引注亦云音烦）,《海录碎事》二二下,《合璧事类·别集》三八引同。朱本,朱燮元本,大小雅堂本亦同。

七 谏

初 放

尧舜圣已没兮孰为忠直（一无圣字）

案当从一本删圣字。此盖涉下章"尧舜圣而慈仁兮"而衍。

死日将至兮与麋鹿同坑

案坑俗坑字。《文选·刘孝标〈广绝交论〉》注引作坑，当据正。

举世皆然兮余将谁告（举一作与）

王《注》曰"举，与也。言举当世之人皆为佞伪……"。案正文举当作与,《注》"举,与也"当作"与,举也"。惟正文作"与"用借字,故《注》以正字"举"释之。若正文本作"举",则字义已明,无烦训释,更无以借字"与"转释正字"举"之理。亦惟正文作"与",《注》以"举"训之,下文乃得承之而以"举当世之人"重申正文"与世"之义。反之,若依今本正文作"举",《注》以"与"训"举",则下文当云"与当世之人",不得反言"举"矣。疑一本作"与",王本作"举",后人以一本改王本正文,又乙注文"与举"二字以就之。其下文"举当世之人"仍出"举"字,则又改而未尽改者也。

上葳蕤而防露兮

案蕤,俗蕤字。原本《玉篇·白部》,《类聚》八九,《事类赋》二四注,《文选·王仲宣〈公谦诗〉》注引并作蕤,当据正。

沉 江

脩往古以行恩兮

案脩当为循,字之误也。〔循以形近误为脩,又改写作修。《管子·形势篇》"抱蜀不言而庙堂既修",王念孙云修为循之误。《庄子·大宗师篇》"以德为循"释文,《天地篇》"循于道之谓备"释文,并曰"循本作修"。本篇下文"明法度而修理兮",修亦循之误(详下条),尤为佳证。〕"循往古以行恩"谓遵从往古之道以行恩也。

明法度而修理兮（一云法令修而循理兮）

案当从一本作"法令修而循理兮"。修,整也,循,顺也,谓法令整饰而顺理也。今本此文亦循先误为脩,转写为修,后见下文已云"修理",乃又改上文"法令修"为"明法度"以避复也。

百草育而不长（育一作堕）

案育疑当从一本作堕。堕烂夺成育,与育形近,故转写为育。堕,解也(《大戴礼记·盛德篇》注"堕,解堕也"),脱也(《方言》十二),言百草枯槁而叶脱节解也。(《周语》中"本见而草木节解",《悲回风》"藐蕪槁而节离"。)

孤圣特而易伤（一云圣孤特）

案当从一本作"圣孤特",与上句"众并谐"之文对举以见意。王《注》曰"虽有圣明之智,孤特无助,易伤害也",是王本正作"圣孤特"。

原咎杂而累重（原一作厚）

案原当从一本作厚。咎杂犹鸠杂也。（咎九二声通用。《尔雅·释水》曰“水醮曰厬”，《说文》引厬作氿。《释水》又曰“氿泉穴出，穴出，仄出也”，《说文》曰“厬，仄出泉也”。是厬氿二名，《尔雅》《说文》互易。《九叹·惜贤》“荡渨涹之奸咎兮”即奸宄。）《庄子·天下篇》曰“九离天下之川”，《释文》“九本一作鸠，聚也”。案杂亦聚也。厚，多也。（《考工记·弓人》注）“厚咎杂而累重”，犹言多其聚积，则所负累者重也。

赴湘沅之流澌兮

案“湘沅”当作“沅湘”。湘为南楚诸水之大名，诸湘有沅湘，江湘，潇湘，犹沅水，江水，潇水，故沅可称沅湘，而不可称湘沅。《离骚》“济沅湘以南征兮”，《九歌·湘君》“令沅湘兮无波”，《九章·怀沙》“浩浩沅湘，分（汾）流汩兮”，《惜往日》“临沅湘之玄渊兮”，皆称沅湘。其称湘沅者，惟此及《九叹·思古》“回湘沅而远迁”二例。然本篇《哀命》“上沅湘而分离”，《九叹·远游》“殒余躬于沅湘”，仍作沅湘，是知《七谏》《九叹》两“湘沅”乃“沅湘”之误倒。（互详《怀沙》“浩浩沅湘分流汩兮”条。）

怨　世

然芜秽而险戏

案原本《玉篇·山部》，《文选·祢正平〈鹦鹉赋〉》注，《刘孝标〈广绝交论〉》注引戏并作巇，戏与巇通。

独冤抑而无极兮伤精神而寿夭皇天既不纯命兮余生终无所依（一本无上四句）

案夭依无韵，疑此非本篇文。一本无此四句，近是。

怨　思

子推自割而饲君兮（一云推自割而食君兮）

案饲食同，推上当从一本删子字。《惜往日》王《注》引此作"推自割而食君"，《玉烛宝典》二引作"推割宍而食君兮"，并无子字，与一本合。疑子字后人擅增。

谗谀进而相朋（朋一作明）

案朋当从一本作明,字之误也。明犹宣扬也。"相明"与上"不见"对举。且明与厢翔韵,若作朋,则失其韵矣。

道雍绝而不通

案此章视他章特短,疑以下尚有脱文。

自　悲

邪气入而感内兮施玉色而外淫

案"感内"二字当互易,"施"字当移居"玉色"下。"邪气入而内感","玉色施而外淫",文相偶俪。王《注》曰"言谗邪之言虽自内感",可证王本"内感"二字犹未倒。

杂橘柚以为囿兮 (囿一作圃)

案囿当从一本作圃。养禽兽处曰囿(玄应《一切经音义》一二引《三苍》),树果蓏曰圃。(《周礼·太宰》郑《注》)此曰"杂橘柚",则字当作圃,明甚。

列新夷与椒桢

案《御览》九七三引新作辛,辛新正借字。(《涉江》"露申辛夷死林薄兮",《文选·风赋》注,《笛赋》注并引作新夷。)又案《说文》曰"桢,刚木也",与椒不同类。"椒桢"并举,颇似不伦。《御览》九七三引桢作槟,于义为长。槟即槟榔,其实可以调味,故与椒连言。今本作桢,盖以桢槟形近,又涉下文"哀居者之诚贞"而误。

哀　命

年滔滔而自远兮(远一作往)

案自疑当为日,字之误也。(《九叹·逢纷》"意晻晻而日颓",日一作自。)"年滔滔而日远兮,寿冉冉而愈衰","日""愈"二字并用,与《自悲》"故人疏而日忘兮,新人进而俞(一作愈)好",《九辩》"众踥蹀而日进兮,美超远而逾(一作愈)迈",词例正同。"日远"之文,本书屡见。《惜誓》曰"处众山而日远",《哀时命》曰"处卓卓而日远兮",《九叹·离世》曰"身容与而日远",本篇一本远一作往,则又与《九辩》"年洋洋而日往兮",语意尤近。朱燮元本,大小雅堂本并作日远,是其确证。

谬　谏

安得良工而剖之（剖一作刑）

案剖当从一本作刑,《广雅·释诂》三曰"刑,治也"。《周礼·大司寇》曰"以佐王刑邦国",即治邦国。（郑《注》曰"刑,正人之法也",案正亦治也。详下。）又《诗·思齐》"刑于寡妻",《释文》引《韩诗说》及《孟子·梁惠王上篇》赵《注》并曰"刑,正也",《广雅·释诂》一同。正亦治也。《吕氏春秋·顺民篇》高《注》曰"正,治也"。《离骚》曰"不量凿而正枘兮",即治枘。此本作"安得良工而刑之",刑之即治之。且刑与上文听韵,若作剖,则失其韵矣。王《注》曰"剖犹治（本误作活,从诸本订正）也",剖亦刑之误。知之者,张揖作《广雅》,尽采王《注》（有说别详）,上揭《释诂》训为治,即用本篇注文也。

同类者相似（似一作仇）

案似当从一本作仇。仇,匹也。"同音者相和,同类者相仇",句法一律,和与仇义亦近。学者读仇为仇敌之仇,文义不洽,因改作似,失其本真矣。

音声之相和兮言物类之相感也

案"感也"不入韵，句法亦不类。当系旧注文，本作"言音声之相和，物类之相感也"，写者误为正文，遂改如今本。然王逸有《注》，是误在王前矣。

乱　词

鸾皇孔凤日以远兮畜凫鴐鹅鸡鹜满堂坛兮

案此文当依后文句法作"鸾皇孔凤兮日以远，鴐鹅鸡鹜兮满堂坛"。此本仿《涉江》"鸾鸟凤皇，日以远兮，燕雀乌鹊，巢堂坛兮"四句。今本"鴐鹅"上衍"畜凫"二字（凫即鴐之误而衍，畜字援注文增），两兮字又援《涉江》而误倒在句末，则与后文句法不一律矣。

蛙黾游乎华池

案以上下文义推之，此上似脱"□□□□□□兮"七字。

杼中情而属诗（杼一作抒）

哀时命

案杼抒通,《文选·班孟坚〈两都赋序〉》注引亦作抒。

左袪挂于榑桑（挂一作絓）

案挂絓通,《御览》九五五引亦作絓。

璋珪杂于甑窑兮（一作珪璋）

案《初学记》一九,《锦绣万花谷·续集》五,《广韵》十二齐引并作珪璋,与一本合。惟《御览》二〇六引作璋圭,然三八二仍作圭璋,圭珪同。疑一本是。

不获世之尘垢（垢一作埃）

案垢当从一本作埃。埃与革得雔息韵，若作垢，则失其韵矣。《渔父》曰"安能以皓皓之白，而蒙世俗之尘埃乎"，即此所本。

虹霓纷其朝霞兮

案霞字无义。《类聚》二引霞作覆，近是。今作霞者，形近而误。虹形穹燃下偃，如覆蓬状，故曰"虹霓纷其朝覆"。王《注》曰"日未明旦，复有朝霞"，是王本已误。

上要求于仙者（求一作结）

案"要求"于义难通。"求"当从一本作"结"。王《注》曰"上则要结仙人"，是王本正作要结。

骑白鹿而容与

案"与"字不入韵，此下疑有脱句。

遂闷叹而无名（叹一作漠，一作嗼）

案"闷叹"非无名之貌，叹当从一本作嗼。此以嗼误为嘆，因转写作叹。（上文"嗼寂默而无声"，嗼一作漠，一作叹，各本递讹之迹，与此正同。《九怀·昭世》"浮云汉兮自娱"，汉今本误作漠，《九思·疾世》"逾陇堆兮渡漠"，漠又误作汉。）闷漠双声连语，犹唛嗼也。《诗·抑》曰"莫扪朕舌"。（《传》"莫，无也，扪，持也"误甚。）《淮南子·精神篇》曰"芒芠漠闵"，"闷漠"即"莫扪""漠闵"，语有倒顺耳。王《注》曰"心遂烦闷，伤无美名"，读闷如字，释叹为伤，是所见本已误。

九　怀

匡　机

来将屈兮困穷（来一作求，一作永）

案来求皆无义，当从一本作永。《庄子·大宗师篇》作子来，《淮南子·精神篇》作子求，崔撰引作子永，《抱朴子·博喻篇》亦作子永。来求永三字互讹，与此例同。

蓍蔡兮踊跃

案《文选·西京赋》"搏耆蔡"注曰"耆，老也，龟之老者神"，引本书作耆。洪兴祖据此谓蓍当为耆，是矣。然窃疑耆蔡即《天问》之鸱龟，耆鸱古音近（《说文》坻重文作渚，《涉江》"邸余车乎方林"，邸车即楮车），《选》注训耆为老，似犹未谛。今本耆作著者,王《注》训耆为筕,后人遂改从艸以就之也。

通　路

螣蛇兮后从（一云从后）

　　案"后从"当依一本乙转。"螣蛇兮从后,飞駏兮步旁",文相偶俪。

悲命兮相当（相一作所）

　　案"相"当从一本作"所"。所当犹所值也。

危　俊

径岱土兮魏阙（阙一作国）

　　案疑当作"径代山兮魏魏"。洪兴祖曰《注》云'北荒',疑岱本代字"。案"岱土"当作"代山"。"岱"即"代山"二字之误合,"土"又"山"之讹而衍。王《注》曰"行出北荒,山高桀也",但言山高而不及城阙,是王本无阙字。"魏阙"盖本作"魏魏"。魏魏即巍巍,山高貌也,故《注》曰"山高桀"。古书于叠字中下一字,每只作":",最易夺失。此文夺去下魏字,不成文义,今本作阙,一本作国,皆读者以意妄补也。

昭　世

浮云漠兮自娱

王《注》曰"或曰'浮云漢',漢,天河也"。案漠为漢之形误。(莫莫二形易混,详《哀时命》"遂闷叹而无名"条。)"浮云汉"与"登羊角"文相偶。(羊角,风名。《注》以为山名,非是。)张衡《思玄赋》曰"浮云汉之汤汤",语与此相似。

进瞵盼兮上丘墟 (进一作集)

案疑当作"集瞵盼兮丘墟","进"为"集"之误(《离骚》"欲远集而无所止兮",集一作进,《九思·怨上》"进恶兮九旬",进一作集),"上"即"丘"之误而衍。集谓两集(《孟子·离娄下篇》"七八月之间两集",《文选·四子讲德论》"莫不风驰雨集")犹降也。《文选·甘泉赋》曰"璧马犀之瞵䁵",《注》引《埤苍》曰"瞵䁵,文貌",《景福殿赋》曰"文彩璘斑",

《西京赋》曰"瓀珉璘彬"，薛《注》曰"璘彬，玉光色杂也"。
"瞵盼"与"瞵䀹""璘斑""璘彬"字异义同。此承上文言流星
如雨，坠于丘墟之上，其光瞵盼然也。

尊　嘉

余悲兮兰生（生一作萃，一作悴）

　　案王《注》曰"哀彼香草，独陨零也"，"陨零"之语与
"生"义相左。疑生当为芷，字之误也。此以芷缺损成止，与
生形近，遂改为生。一本作萃若悴，与生之字形俱不近，盖
皆探《注》义而臆改，失之。

运余兮念兹

　　案王《注》曰"转思念此，志烦冤也"，疑正文余下脱思字。

滨流兮则逝

　　案则当为侧，字之误也。（《庄子·列御寇篇》"醉之以酒
而观其侧"，《释文》"侧或作则"。）侧有隐藏诸义。《惜诵》曰
"愿侧身而无所"，《七谏·哀命》曰"遂侧身而既远"，《谬谏》

曰"愿侧身岩穴而自托",侧身并犹隐身藏身也。《淮南子·原道篇》"侧溪谷之间",高《注》曰"侧,伏也",伏亦隐也,藏也。王《注》曰"意欲随水而隐遁也",正以"隐"释"侧",疑王本不误。

援芙蕖兮为盖（一云援英兮为盖,一云拔英）

案本章通以五字为句,独此句溢出一字,疑"芙蕖"当从一本作一"英"字。《广雅·释草》曰"英,蒻也"。蒻谓蒲蒻。《周礼·醢人》先郑《注》曰"蒲蒻入水深,故曰深蒲",后郑《注》曰"深蒲,蒲始生水中子",又注《考工记·轮人》曰"今人谓蒲本在水中者为弱(蒻)"。案凡草木初生者曰英(《管子·禁藏篇》注"英谓草本之初生也"),蒻为蒲本之初生者,故亦谓之英。此曰"援英兮为盖",实承上"抽蒲兮陈坐"而言,英即蒲英,谓编蒲英以为盖也。学者不晓英义,辄改为芙蕖,过矣。《类聚》八二引亦作"援英兮为盖"。《御览》九九九引英作董,形近而误。然王《注》曰"引取荷华以覆身也",则所据本已误。

陶壅

意晓阳兮燎寤

案阳读为畅。《文选·王子渊〈洞箫赋〉》"时横溃以阳遂"注曰"阳遂,清通貌",朱骏声亦云借为畅。晓畅犹通达也。(《蜀志·诸葛亮传》曰"晓畅军事",即通达军事。)《佩文韵府》十一轸引此作正晓畅。

乃自訹兮在兹（自訹一作息轸）

案"自訹"当从一本作"息轸",并字之误也。(自即息之坏。俗书轸或作軫,故误为訹。)轸者,《考工记·舆人》曰"轸之方也,以象地也",盖舆下之材,合而成方,名曰轸。意义扩大,则通谓舆为轸,又或直呼车为轸。(《后汉书·左周黄列传论》"往车虽折,来轸方遒"。《九叹·远游》"结余轸于西山兮"轸一作车。)"息轸"犹停车也。班彪《冀州赋》曰"遂发轸于京洛",犹发驾也。车止谓之息轸,犹车发谓之"发轸"矣。朱燮元本,大小雅堂本作息轸,不误。

株　昭

九　叹

逢　纷

驰余车兮玄石步余马兮洞庭平明发兮苍梧夕投宿兮石城

　　案本篇兮字无在句中者。此当作"驰余车于玄石兮,步
余马于洞庭,平明发于苍梧兮,夕投宿于石城"。今本四于
字误为兮,乃删一三两句末之兮字以避复也。《太平寰宇
记·补阙》一一三《岳州华容县》引一二两句兮字皆作于,
《文选·谢灵运〈登临海峤初发疆中作与从弟见羊何共和之
诗〉》注引末句兮亦作于,是其确证。

离　世

暮去次而敢止（去一作者）

案暮当为莫。去为著之坏文,一本作者,亦著之缺损。著,附也,近也。"莫著水而敢止",衔绝马逸,附近次舍之人莫敢制止之也。《御览》三五八引去作着,即著之俗字,是其确证。

怨　　思

顾屈节以从流兮（顾一作愿）

案顾当从一本作愿,字之误也。"愿屈节以从流兮,心巩巩而不夷",与上文"欲容与以俟时兮,惧年岁之既晏"文相偶俪,愿亦欲也。《九辩》曰"愿自往而径逝(原误游)兮,路雍绝而不通,欲循道而平驱兮,又未知其所从",本篇《忧苦》曰"愿寄言于三鸟兮,去飘疾而不可得,欲迁志而改操兮,心纷结其未离",句法与此并近。

远　　逝

杖玉华与朱旗兮（华一作策）

案华疑当从一本作策。策可言杖,华则不然。王《注》曰"杖执美玉之华",华亦当作策。朱燮元本,大小雅堂本并作策,与一本合。

承皇考之妙仪（妙一作眇）

案眇妙正借字。眇仪犹远仪也。王《注》曰"上以承美先父高妙之法",此妙字当从一本作远。"高远之法"即眇仪也。

忧　苦

葛虆藟于桂树兮（藟一作累）

案藟疑本作累。（王《注》"藟,绿也",亦当作累。）此涉上虆字而误加艸头。《类聚》八九引亦作累,与一本合。

愍　命

姿盛质而无愆

案"姿盛质"当作"姿质盛"。王《注》曰"姿质茂盛",是王本未倒。

挟人筝而弹纬

案原本《玉篇·系部》,《文选·曹子建〈箜篌引〉》注,《赠丁廙诗》注引纬并作徽。纬与徽通。(《玉篇》引弹作张,疑误。)《选》注又引人筝作秦筝,未知孰是。

熊罴群而逸囿（逸一作溢）

案逸当从一本作溢,声之误也。溢囿者,一本《注》曰"满溢君之苑",是其义。

思　古

回湘沅而远迁

案"湘沅"当作"沅湘",详《七谏》"赴湘沅之流澌兮"条。

仳惟倚于弥楹

案王《注》曰"弥犹遍也……仳惟丑女反倚立遍两楹之

间,侍左右也",疑王本于作而。(下文"咎繇弃而在野",一本作弃于外野。)此涉上句于字而误。

远　游

朝西灵于九滨（西一作四）

案西当从一本作四,此涉下文"西山"而误。"驰六龙于三危兮,朝四灵于九滨",文相偶俪。王《注》"召西方之神会于大海九曲之涯也",西亦当作四。夫曰"会于大海九曲之涯",则不只一神明甚。朱熹元本,大小雅堂本俱作四,与一本合。

建虹采以招指（一作采虹）

案"虹采"当从一本作"采虹"。《文选·沈休文〈早发定山诗〉》注引作彩虹。采彩同。

囚灵玄于虞渊

案"灵玄"当作"玄灵"。王《注》曰"玄帝之神",是王本正作玄灵。

何骚骚而自故（故一作苦）

案故当从一本作苦。

譬彼蛟龙乘云浮兮（一云譬彼云龙无乘云浮兮一句）

案以下文韵例推之，此当依一本改"蛟"为"云"，删"乘云浮兮"四字。"譬彼云龙，泛淫澒溶，纷若雾兮，潺湲轇轕，雷动电发，驭高举兮"，龙与溶韵，轕与发韵，"雾兮"则隔二句与下文"举兮"韵。今本增"乘云浮兮"一句，则失其韵矣。王《注》曰"譬若蛟龙，潜于川泽，忽然乘云，泛淫而游，纷纭若雾，而乃见之也"。今"云"作"蛟"，"龙"下有"乘云浮兮"四字，即依注文窜改。

沛浊浮清（沛一作弃）

案沛当为㧙。《淮南子·说林篇》曰"游者以足蹶，以手㧙"。《字镜》㧙同拨。拨有弃义，故《注》训"㧙浊"为"弃浊秽"。今本字作沛，盖涉下三字从水而误。一本援王《注》径改为弃，尤谬。

九　思

逢　尤

吕傅举兮殷周兴

案"吕傅"疑当作"傅吕",传写误倒也。上云"思丁文兮圣明哲",先武丁(注训丁为当,谬甚)后文王,此云"傅吕举而殷周兴",先傅说,后吕望,二句相承为文也。某氏《注》(《九思叙》曰"窃慕向褒之风,作颂一篇,号曰《九思》,以裨其辞。未有解说,故聊叙训谊焉"。玩叙意,《九思》注断非王逸自作,故注中说义与正文乖缪者,每每而是)曰"吕,吕望,傅,傅说",先吕后傅,是所见本已倒。

怨　上

进恶兮九旬（恶一作思进恶，一作集慕九旬，一作仇荀）

　　案当从一本作"进思兮仇荀"。洪兴祖云仇荀谓仇牧荀息，是也。《公羊传·庄十二年》曰"'宋万弒其君捷，及其大夫仇牧'。'及'者何？累也。弒君多矣，舍此无累者乎？孔父荀息皆累也。舍孔父荀息无累者乎？曰：有。有则此何以书？贤也。何贤乎仇牧？仇牧可谓不畏强御矣。其不畏强御奈何？万尝与 $\boxed{鲁}$ 庄公战，获乎庄公。庄公归，散舍诸宫中，数月然后归之。归反，为大夫于宋，与闵公博，妇人皆在侧。万曰'甚矣，鲁侯之淑，鲁侯之美也！天下诸侯宜为君者，唯鲁侯尔'！闵公矜此妇人，妒其言，顾曰'此虏也。尔虏焉知？（知本作故，从《春秋繁露》《韩诗外传》改。）鲁侯之美恶乎至'？万怒，搏闵公，绝其脰。仇牧闻君弒，趋而至，遇之于门，手剑而叱之。万臂搦仇牧，碎其首，齿著乎门阖。仇牧可谓不畏强御矣"。僖十年《传》曰"'晋里克弒其君卓子，及其大夫荀息'。'及'者何？累也。弒君多矣，舍此无累者乎？曰：有。孔父仇牧皆累也。舍孔父仇牧无累者乎？曰：有。有则此何以书？贤也。何贤乎荀息？荀息可谓不食其言矣。其不食其言奈何？奚齐，卓子者，骊姬之子也，荀息傅焉。骊姬者国色也，献公爱之甚，欲立其子，于是杀世子申生。申生者，里克傅之。献公病将死，谓荀息曰'士何如则可谓之信矣'？荀息对曰'使死者反生，生者不愧乎其言，则可谓信矣'。献公死，奚齐立。里克……弑奚齐，荀息立卓子。里克弑卓子，荀息死之。荀息可谓不食其言矣"。（又桓二年《传》曰："'宋督弑其君与夷，及其大夫孔父'。'及'者何？累也。弑君多矣，舍此无累者乎？曰：有。仇牧荀息皆累也……"）案仇牧荀息，咸死君难，《公羊》再三称之，本篇曰"进思兮仇荀"，即用《公羊》义。"进思兮仇荀"与下"退顾兮彭务"，语意相对，言进则思慕仇荀之效忠死难，退则眷怀彭务之抗节赴渊。（彭咸说详下条。）下文又云"拟斯兮二踪，未知兮所投"，"二踪"斥仇荀与彭务，言仇荀死难，彭务赴渊，二者异趣而皆贤，己则不知何所适从也。今本"思"误为"恶"，"仇荀"误为"九旬"，某氏《注》遂因文立义，解为"九旬之饮而不听政"，甚矣其谬也。朱燮元本，大小雅堂本作"进慕"，亦通。（孙诒让说同）

复顾兮彭务（复一作退）

案复当从一本作退。退小篆作復，汉隶作復（《张表碑》《梁休碑》）若復（《祝睦碑》），与复形近，故传写多乱之。某氏《注》曰"彭，彭咸，务，务光，皆古介士，耻受污辱，自投于水而死也"。"退顾彭务"与"进思仇荀"，对举以见义，说具上条。今本退误作复，则失其义矣。朱燮元本，大小雅堂本并

作退。(孙诒让说同)

疾　世

从邛遨兮栖迟（一云从卢敖兮）

案"邛遨"疑当从一本作"卢敖"。卢敖,古方士之求神仙者,尝周行四极,遇仙人若士于蒙谷之上,事见《淮南子·道应篇》。"赴昆山兮鄠骆〔鄠当读如鼻(之戍切),'鄠骆'叠韵连语,行迟也。《周礼·大司马》注曰'摅读……如涿鹿之鹿……摅者止行息气也'。'鄠骆''涿鹿'音同,鄠骆之义亦犹摅也。《广韵》曰'趦趄,儿行',趦趄即鄠骆之倒语,"小儿行迟",与"止行息气"之义亦近。某氏《注》训鄠为绊,训骆为骏马名,谬甚〕,从卢敖兮栖迟",文相偶。今本"卢敖"误作"邛遨",某氏《注》以邛为兽名,谓"鄠骆从邛而栖迟顾望",支离缴绕,失之远矣。朱燮元本,大小雅堂本作卢敖。

时朏朏兮旦旦（朏朏一作胐胐,旦旦一作且旦）

案"朏朏"当从一本作"胐胐"。《说文》曰"胐,月未盛之明也,从月出声"。(《说文》无朏字,《玉篇》《字镜》《广韵》《集韵》均有。)朱燮元本,大小雅堂本并作胐胐。"旦旦"当从一本作"且旦"。(《诗·东门之枌》"穀旦于差",《释文》引

《韩诗》旦作且,《庭燎·传》"央,且也",《释文》且本作旦。)朱燮元本正作且旦。

悯　上

睹斯兮伪惑（一云疾斯兮伪忒）

案《哀岁》曰"睹斯兮嫉贼,心为兮切伤",与本章"睹斯兮伪惑,心为兮隔错",句法一律,疑一本睹作疾,非是。朱燮元本,大小雅堂本并作睹。

冰冻兮洛泽

案"洛泽"当为"洛澤"。《玉篇》曰"洛澤,冰貌"。（《说文》曰"垎,土干也,一曰坚也",洛垎声同义近。）"霜雪兮漼溰,冰冻兮洛澤",文相偶,漼溰为霜雪貌,则洛澤为冰貌矣。《注》曰"洛,竭也,寒而水泽竭成冰",读洛为涸,又训泽为水,并依误文为说,失其义矣。《新撰字镜》二水部,《广韵》十九铎,《集韵》十九铎引并作洛澤,当据正。

蹜局兮寒局数独处兮志不申（一云蹜局兮数年）

案本篇通例,奇句或有韵,或无韵,偶句则必有韵,独此处"蹐局兮寒局数"为奇句(全章中第二十五句)有韵,"独处兮志不申"为偶句(全章中第二十六句),无韵,与例不符。疑二句当倒转,则奇偶互易,奇无韵而偶有韵矣。且惟"蹐局兮寒局数"句在下,与后文"年齿尽兮命迫促"句相连,故一本得误以"年"属上读,而作"蹐局兮数年"。审如今本,"数""年"二字部居悬绝,则一本所误者为不可能矣。

年齿尽兮命迫促

案全篇各章之句数,皆为二之倍数(《逢尤》三十六句,《怨上》四十二句,《疾世》四十句,《遭厄》三十四句,《悼乱》四十二句,《伤时》四十四句,《哀岁》四十六句,《守志》四十句,《乱词》六句),惟本章三十七句,独为例外。疑本章原三十八句,今本脱去一句,乃余三十七耳。至所脱之句,疑在"年齿尽兮命迫促"下。知之者,上文方有错简(详上条),以常情推之,脱文当即在其邻近。然词赋之文,类皆两句一意,此处上文"庇荫兮枯树,匍匐兮岩石","独处兮志不申,蹐局兮寒局数(缩)",下文"魁垒挤摧兮常困辱,含忧强老兮愁不乐","须发苤悴兮鬓颗(二字原倒,详下条)白,思灵泽兮一膏沐",皆两句合明一意,词具义足,无待补苴。惟"年齿尽兮命迫促"一句,词意奇零,无所附丽,然则所脱者,或即此句之配偶句欤?复以"蹐局兮寒局数,年齿尽兮命迫促"二句必须毗连推之,则所脱之句,必在"年齿……"

句之下，抑又可知。

须发蓋悴兮颡鬓白

案"颡鬓白"疑当作"鬓颡白"。某氏《注》曰"颡，杂白也"，《玉篇》曰"颡，发白貌"。案《尔雅·释草》曰"薫，白华芺"，《说文》曰"缥，帛青白色也"，"骠，黄马发白色，一曰白髦尾也"，《释名·释地》曰"土白曰漂"。凡从票之字多有白义，故发白谓之颡。"须发蓋悴兮鬓颡白"者，"蓋悴"同义（某氏《注》曰"蓋，乱也"。悴读为萃，《说文》曰"萃，艸貌，读若悴"），"颡白"同义，文相偶也。今本"颡鬓"二字误倒，则不惟与"蓋悴"之词例参差，且循文释义，试读"颡鬓白"为"白鬓白"，复成何语乎？

遭　厄

鸦雕游乎华屋（鸦一作鹘）

案字书无鸦字，当依校注作鸥，鸥即鸥俗字。（《篇海类编》鸥与鸥同。）然鸟名无鸥雕，而以下文鷄鷈例之，鸥雕似亦不得解为鸥与雕二鸟。疑鸥当从一本作鹘。《诗·小宛》传曰"鸣鸠，鹘雕也"。鹘与雕间，鹘雕即鸣鸠。《离骚》曰"雄鸠之鸣逝兮，余犹恶其佻巧"。此以鹘雕喻谗佞，义盖本之《离骚》。朱燮元本，大小雅堂本作鹘雕。

悼 乱

菅蒯兮樛莽（樛一作野）

案樛古野字，"野莽"无义。樛当为楸，字之误也。《说文》曰"菽，细草丛生也"，"茂，草丰盛也"，楸菽茂同。《说文》又曰"莽，众草也"，《广雅·释训》曰"莽莽，茂也"，莽莽同。"菅蒯兮楸莽，藿苇兮仟眠"，文相偶，楸莽双声，阡眠叠韵，皆草丰盛貌。今本讹作"樛莽"，则与"千眠"之词不相偶称矣。

垂屣兮将起（垂《释文》作舌，测夹切）

案垂当从《释文》本作舌，字之误也。（汉《富春丞张君碑》垂作舌，与舌形近。）舌即舌字。（见《广韵》）《淮南子·要略篇》曰"禹身执虆舌，以为民先"，今本舌作垂，误与此同。舌屣者，《汉书·地理志下》注曰"屣谓小履之无跟者也"，舌与插同。屣无跟，但以足插入，曳之而行，故曰舌屣。《庄子·让王篇》曰"原宪华冠纚履杖藜而应门"，《释文》引《通俗文》曰"履不著跟曰屣"，《文选·长门赋》曰"蹑履起而彷徨"，《汉书·隽不疑传》曰"躧履起迎",縰跰躧同。衁屟犹跰履也。《韩诗外传》二曰"于是伊尹接履而趋,遂适于汤"。接捷通(《左传·庄十二年》"宋万弑其君捷",《僖三十二年》"郑伯捷卒",《文十六年》"晋人纳捷于邾子邾",捷《公羊》并作接),捷插亦通(《仪礼·士冠礼》"捷枢兴",《礼记·乐记》"犹捷也",《释文》并云"捷本作插"),衁屟犹接履也。《外传》九又曰"夫志不得,则扱(今本作授,《佩文韵府》四纸引作投,皆字之误)履而适秦楚耳"。扱插亦通(《礼记·内则》注"犹扱也",《释文》曰"扱本作捷,一本又作插"),衁屟又犹扱履也。

跱俟兮硕明(硕一作须)

案硕当从一本作须。须,待也。"跱俟兮须明",犹《惜上》曰"待天明兮立踯躅"也。朱燮元本,大小雅堂本并作须,与一本合。

伤　时

百贺易兮傅卖(傅一作传)

案贺俗贸字。傅当从一本作传读为转,已详洪《注》。朱燮元本,大小雅堂本并作传,与一本合。

才德用而列施（德一作得）

案德读为得，列读为烈，言贤才得用而功烈施于后世也。

忽飚腾兮浮云（一云忽飚腾兮云浮）

案"浮云"当从一本乙转。"飚腾"与"云浮"对文。司马相如《大人赋》曰"焱风涌而云浮"，句法与此同。又此文以娱、能（读为耐）、浮、菜、台五字之幽合韵。今本"浮"倒在"云"上，则失其韵矣。朱燮元本，大小雅堂本并作"云浮"，与一本合。

哀　岁

草木兮苍唐（唐一作黄）

案疑苍唐即摧颓，语之转也。一本唐作黄，盖后人臆改。朱燮元本，大小雅堂本仍作苍唐。

守　志

目瞥瞥兮西没

案目当为日,涉下瞥字从目而误。《说文》曰"瞥……一曰财见也,又目翳也"。此以"瞥瞥"形容日衔山欲坠之状,妙得神理。"日瞥瞥兮西没,道遌迴兮阻艰(原误叹,详下条)",言日暮道险,与《九叹·远逝》"日杳杳以西颓兮,路长远而窘迫",语意同。

道遌迴兮阻叹

案叹当为艰,形近而误。说具上条。

读骚杂记

据 1935 年 4 月 3 日天津《益世报》文学副刊编入。

《史记·屈原列传》，正如它其余的部分，未必完全可靠。不拘就思想或文体上观察，《渔父》明明是一篇子虚的文字，而史公却把它当作实事，编入传中。这是可疑的一点。谏怀王入秦的，据《楚世家》说是昭睢，而《列传》则以为屈原，显然的自相矛盾。这是第二点。把这两点综合起来看，则王懋竑说屈原死在怀王入秦以前，似乎可信。王氏这一说并没有什么强有力的正面的理由。不过从反面推测，假定屈原真死在怀王入秦以前，则谏入秦的，自然与屈原无干，而顷襄王时也不会有屈原再度被放以及和渔父在江滨问答的事了。这样，既可以避免《列传》与《世家》间的冲突，又可以省得教一篇寓言冒充了史迹，这比说屈原死在顷襄王时确乎合理得多。至于二十五篇连真带假的屈赋中，对于怀王被诱入秦那样严重的事，绝没有露一丝口风，也不妨附带的算作屈原死在顷襄王时的一个反证。

然而王懋竑的话果能成立，其重要之点，还不在缩短了屈原几十年的寿算，订正了一个史实的错误。这件事本身的意义甚小。因这件史实的修正，而我们对于屈原的人格的认识也得加以修正，才是关系重大。怀王丧身辱国，屈原既没有见着，则其自杀的基因确是个人的遭遇不幸所酿成的，说他是受了宗社倾危的刺激而沉江的，便毫无根据了。

历来解释屈原自杀的动机者，可分三说。班固《离骚序》曰："忿怼不容，沉江而死。"这可称为泄忿说。《渔父》的作者曰："宁赴常流而葬江鱼腹中耳，又安能以皓皓之白而蒙世之温蠖手。"这可称为洁身说。东汉以来，一般的意见渐渐注重屈原的忠的方面，直到近人王树枏提出"尸谏"二字，可算这派意见的极峰了。这可称为忧国说。三说之中，泄忿最合事实,洁身也不悖情理,忧国则最不可信。然而偏是忧国说流传最久,势力最大。

　　一个历史人物的偶像化的程度,往往是与时间成正比的,时间愈久,偶像化的程度愈深,而去事实也愈远。在今天,我们习闻的屈原,已经变得和《离骚》的作者不能并立了。你若认定《离骚》是这位屈原作的,你便永远读不懂《离骚》。你若能平心静气地把《离骚》读懂了,又感觉《离骚》不像是这位屈原作的。你是被你自己的偶像崇拜的热诚欺骗了。真正的屈原,汉人还能看得清楚。班固说:

　　　　屈原露才扬己,竞乎危国群小之间,以离谗,然数责怀王,怨恶椒兰,愁神苦思,强非其人,忿怼不容,沉江而死,亦贬絜狂狷景行之士。

这才真是《离骚》的作者,但去后世所谓忠君爱国的屈原是多么辽远!说屈原是为爱国而自杀的,说他的死是尸谏,不简直是梦呓吗?

　　一种价值观念的发生,必有它的背景。是混乱的战国末年的《渔父》的作者才特别看出,屈原的狷洁,是大一统的帝王下的顺民才特别要把屈原拟想成一个忠臣。《庄子·刻意篇》曰:

　　　　刻意尚意,离世异俗,高论怨诽,为亢而已矣,此山谷之士,非(诽)世之人,枯槁赴渊者之所好也。

这大概即指屈原一流的人,所以以洁身来解释屈原的死,是合乎情的。这一方面与他的时代风气正相合。但是,帝王专制时代的忠的观念,决不是战国时屈原所能有的。伍子胥便是一个有力的反证。为了家仇,伍子胥是如何对待他的国和君,而他正是个楚国人。司马迁曾经"怪屈原以彼其材,游诸侯,何国不容,而自令若是",倒还没有忘掉屈原的时代。

　　总之,忠臣的屈原是帝王专制时代的产物,若拿这个观念读《离骚》,《离骚》是永远谈不通的。至于王懋竑的话若能成立,则后世所以能把屈原解成一个忠臣,或许还要归咎于史公。《史记·屈原列传》若不教屈原死在顷襄王的时代, 则后人便无法从怀王客死于秦和屈原自杀两件事之间看出因果关系来,因而便说屈原是为忧国而死的。

司命考

一　从空桑说起

从《大司命》"逾空桑兮从女"一语，我们猜着司命就是帝颛顼之佐，玄冥。

考颛顼的统治地区是空桑。《吕氏春秋·古乐篇》："帝颛顼生自若水，实处空桑。"这是明证。又《淮南子·本经篇》"共工振滔洪水，以薄空桑"，和《史记·律书》"颛顼有共工之陈（阵）以平水害"，所讲的都是颛顼与共工争帝的故事，《淮南子》所谓薄空桑即伐颛顼，因为空桑是颛顼的居地。空桑一作穷桑，《路史·后纪》八引《尚书大传》："穷桑，颛顼所居。"玄冥是颛顼之佐，所以他的居地也是空桑或穷桑。《左传·昭二十九年》蔡墨曰："脩及熙为玄冥，世不失职，遂济穷桑。"《九叹·远逝》："考玄冥于空桑。"这些又是玄冥居空桑的确证。歌曰："逾空桑兮从女。"又曰："导帝之兮九坑。"我们疑心司命即玄冥，所导之帝即帝颛顼。

二　虚北二星

《史记·天官书》曰："北宫玄武：虚，危。"这是五行说应用到天文学上，将虚危二星派作北方帝的分星。虚既是北方帝的分星，而北方帝是颛顼，所以虚又名颛顼之虚。（《尔雅·释天》："颛顼之虚，虚也。"）但我们猜想，在天上既有星代表着颛顼，可能也就有星代表着作为颛顼之佐的玄冥。经过研究,我们才知道,这星有是有的,不过它不是以玄冥的名字出现,而是以司命的名字出现的。《月令》疏引熊氏转引石氏《星经》,和《开元占经·甘氏中宫占篇》引甘氏《星经》都说"司命二星在虚北",这靠近虚,即靠近颛顼的司命二星,无疑就是玄冥。

虚北的司命二星,和另外的司禄二星,司危二星,司非二星,共总称为四司。《开元占经·甘氏中宫占篇》引《甘氏赞》曰:"四司续功,采麻襄鹿。"四司的采麻和《大司命》的"折疏麻兮瑶华",应该是一回事,虽则关于司命与麻的关系的详情,我们还没获得充分的资料来予以说明。

三　冬与阴阳

五行系统中,北方帝主冬,《淮南子·天文篇》:"北方,水也,其帝颛顼,其佐玄冥,执权而治冬。"冬的特征,据《月令》仲冬之月,说是"日短至,阴阳争,诸生荡。"所以"君子斋戒,处必掩,身欲宁,……以待阴阳之所定"。这是说:冬至后,时而阴盛,时而阳盛,动荡不定,所以要"待阴阳之所定"。《大司命》的"一阴兮一阳"是以冬日的时阴时晴,变化无常,来象征阴阳二气动荡不定的状态。他说这现象是他"所为"的,正因为他是颛顼之佐,而颛顼是治冬的。

因为颛顼所主治的节季是冬,地区是属于虚星的分野的北方,所以虚星和冬,在五行家的概念中便发生了联系。《史记·律书》:"虚者,能实能虚,言阳气冬则宛藏于虚,日冬至,则一阳下藏,一阴上舒,故曰虚。"这样解释虚字的意义,是否正确,是另一问题,但以阴阳变化来说明颛顼的星名,虚字的涵义,这和佐颛顼的大司命(玄冥)自称其行为为"壹阴兮壹阳",倒是十分吻合的。

四　由空桑到九冈

《大司命》曰"逾空桑兮从女",又曰"导帝之兮九阬",旧校引《文苑》,阬作冈,冈是正字。空桑与九冈都是山名。这两座山究竟在哪里呢?

古代地名空桑的不只一处,但最初颛顼所统治的空桑当在北方。《北山经》:"空桑之山,无草木,冬夏有雪,空桑之水出焉,东流注于虖沱。"郝懿行说它当在赵代间,大概是对的。我们以为颛顼所居的就是这个空桑。

《左传·昭十一年》:"楚子灭蔡,用隐太子于冈山。"冈山,杜预《释例》只说它"必是楚地山",而不能确指其地处。我们以为就是九冈山,王逸《机赋》"逾五岭,越九冈。"《古今图书集成》、《方舆汇编》、《职方典》、《荆州府部》、《山川考》二之五,松滋县"九冈山,去县治九十里,秀色如黛,蜿蜒虹曲"。《舆地□□》"荆州松滋县有九冈山,郢都之望也。"我们猜想楚祖颛顼的庙就在这山上,所以他们灭了敌国之后,就到这里来,用那最隆重的人祭的典礼,告庙献俘。本篇的九冈就是《左传》的冈山,"导帝之兮九冈",帝即颛顼,前面已经证明过。

近代学者们早就疑心楚人是从北方迁徙到南方来的。大司命"逾(越了)空桑"之后，又"导帝之兮九冈"，这不只反映了颛顼的族人由北而南的移植的事实，而且明确地指出了那趟路程。

什么是九歌

据开明版《闻一多全集·神话与诗》编入。

一 神话的九歌

传说中九歌本是天乐。赵简子梦中升天所听到的"广乐九奏万舞",即《九歌》与配合着《九歌》的韶舞。(《离骚》"奏九歌而舞韶兮"。)《九歌》自被夏后启偷到人间来,一场欢宴,竟惹出五子之乱而终于使夏人亡国。这神话的历史背景大概如下。《九歌》韶舞是夏人的盛乐,或许只郊祭上帝时方能使用。启曾奏此乐以享上帝,即所谓钧台之享。正如一般原始社会的音乐,这乐舞的内容颇为猥亵。只因原始生活中,宗教与性爱颇不易分,所以虽猥亵而仍不妨为享神的乐。也许就在那次郊天的大宴享中,启与太康父子之间,为着有仍二女(即"五子之母")起了冲突。事态扩大到一种程度,太康竟领着弟弟们造起反来,结果敌人——夷羿乘虚而入,把有夏灭了。(关于此事,另有考证。)启享天神,本是启请客。传说把启请客弄成启被请,于是乃有启上天作客的故事。这大概是因为所谓"启宾天"的"宾"字,(《天问》"启棘宾商"即宾天,《大荒西经》"开上三嫔于天",嫔宾同。)本有"请客"与"作客"二义,而造成的结果。请客既变为作客,享天所用的乐便变为天上的乐,而奏乐享客也就变为作客偷乐了。传说的错乱大概只在这一点上。其余部分说启因《九歌》而亡国,却颇合事实。我们特别提出这几点,是要指明《九歌》最古的用途及其带猥亵性的内容,因为这对于下文解释《楚辞·九歌》是颇有帮助的。

二　经典的九歌

《左传》两处以九歌与八风，七音，六律，五声连举(昭二十年，二十五年)，看去似乎九歌不专指某一首歌，而是歌的一种标准体裁。歌以九分，犹之风以八分，音以七分……那都是标准的单位数量，多一则有余，少一则不足。歌的可能单位有字，句，章三项。以字为单位者又可分两种。(一)每句九字，这句法太长，古今都少见。(二)每章九字，实等于章三句，句三字。这句法又嫌太短。以上似乎都不可能。若以章为单位，则每篇九章，连《诗经》里都少有。早期诗歌似乎不能发展到那样长的篇幅，所以也不可能。我们以为最早的歌，如其是以九为标准的单位数，那单位必定是句——便是三章，章三句，全篇共九句。不但这样篇幅适中，可能性最大，并且就"歌"字的意义看，"九歌"也必须是每歌九句。"歌"的本音应与今语"啊"同，其意义最初也只是唱歌时每句中或句尾一声拖长的"啊……"(后世歌辞多以兮或猗，为，我，平等字拟其音。)故《尧典》曰"歌永言"，《乐记》曰"故歌之为言也，长言之也"。然则"九歌"即九"啊"。九歌是九声"啊"，而"啊"又必在句中或句尾，则九歌必然是九句了。《大风歌》三句共三用"兮"字，《史记·乐书》称之为"三侯之章"，兮侯音近，三侯犹言三兮。《五噫诗》五句，每句末于"兮"下复缀以"噫"，全诗共用五"噫"字，因名之曰"五噫"。九歌是九句，犹之三侯是三句，五噫是五句，都是可由其篇名推出的。

全篇九句即等于三章章三句。《皋陶谟》载有这样一首歌。(下称

《元首歌》)

　　　　元首起哉！股肱喜哉！百工熙哉！

　　　　元首明哉！股肱良哉！庶事康哉！

　　　　元首丛脞哉！股肱惰哉！庶事隳哉！

　　唐立庵先生根据上文"箫韶九成""帝用作歌"二句,说它便是《九歌》。这是很重要的发现。不过他又说即《左传》文七年郤缺引《夏书》"戒之用休,董之用威,劝之以九歌,勿使坏"之九歌,那却不然。因为上文已证明过,书传所谓九歌并不专指某一首歌,因之《夏书》"劝之以九歌"只等于说"劝之以歌"。并且《夏书》三句分指礼,刑,乐而言,三"之"字实谓在下的臣民,而《元首歌》则分明是为在上的人君和宰辅发的。实则《元首歌》是否即《夏书》所谓九歌,并不重要,反正它是一首典型的《九歌》体的歌(因为是九句),所以尽可称为《九歌》。

　　和《元首歌》格式相同的,在《国风》里有《麟之趾》《甘棠》《采葛》《著》《素冠》等五篇。这些以及古今任何同类格式的歌,实际上都可称为《九歌》。(就这意义说,九歌又相当于后世五律,七绝诸名词。)九歌既是表明一种标准体裁的公名,则神话中带猥亵性的启的九歌,和经典中教诲式的《元首歌》,以及《夏书》所称而郤缺所解为"九德之歌"的九歌,自然不妨都是九歌了。

　　神话的九歌,一方面是外形固守着僵化的古典格式,内容却在反动的方向发展成教诲式的"九德之歌"一类的九歌,一方面是外形几乎完全放弃了旧有的格局，内容则仍本着那原始的情欲冲动，经过文化的提炼作用，而升华为飘然欲仙的诗——那便是《楚辞》的《九歌》。

三 "东皇太一""礼魂"何以是迎送神曲

前人有疑《礼魂》为送神曲的，近人郑振铎、孙作云、丁山诸氏又先后一律主张《东皇太一》是迎神曲。他们都对，因为二章确乎是一迎一送的口气。除这内在的理由外，我们现在还可举出一般祭歌形式的沿革以为旁证。

迎神送神本是祭歌的传统形式，在《宋书·乐志》里已经讲得很详细了。再看唐代多数宗庙乐章，及一部分文人作品，如王维《祠渔山神女歌》等，则祭歌不但必须具有迎送神曲，而且有时只有迎送曲。迎送的仪式在祭礼中的重要性于此可见了。本篇既是一种祭歌，就必须含有迎送神的歌曲在内，既有迎送神曲，当然是首尾两章。这是常识的判断，但也不缺少历史的证例。以内容论，汉《郊祀歌》的首尾两章——《练时日》与《赤蛟》相当于《九歌》的《东皇太一》与《礼魂》，（参看原歌便知。）谢庄又仿《练时日》与赤蛟作宋《明堂歌》的首尾二章，（《宋书·乐志》："迎送神歌，依汉《郊祀》三言四句一转韵。"）而直题作《迎神歌》《送神歌》。由《明堂歌》上推《九歌》《东皇太一》《礼魂》是迎送神曲，是不成问题的。

或疑《九歌》中间九章也有带迎送意味，甚至明出迎送字样的，（《湘夫人》"九嶷缤兮并迎"，《河伯》"送美人兮南浦"。）怎见九章不也有迎送作用呢？答：九章中的迎送是歌中人物自相迎送，或对假想的对象迎送，与二章为致祭者对神的迎送迥乎不同，换言之，前者是粉墨登场式的表演迎送的故事，后者是实质的迎送的祭典。前人混为一谈，所以纠缠不清。

除去首尾两章迎送神曲，中间所余九章大概即《楚辞》所谓《九歌》。《九歌》本不因章数而得名，已详上文。但因文化的演进，文体的篇幅是不能没有扩充的。上古九句的《九歌》，到现在——战国，涨大到九章的《九歌》，乃是必然的趋势。

四 被迎送的神只有东皇太一

《东皇太一》既是迎神曲，而歌辞只曰"穆将愉兮上皇"（上皇即东皇太一），那么辞中所迎的，除东皇太一外，似乎不能再有别的神了。《礼魂》是作为《东皇太一》的配偶篇的送神曲，这里所送的，理论也不应超出先前所迎的之外。其实东皇太一是上帝，祭东皇太一即郊祀上帝。只有上帝才够得上受主祭者楚王的专诚迎送。其他九神论地位都在王之下，所以典礼中只为他们设享，而无迎送之礼。这样看来，在理论原则上，被迎送的又非只限于东皇太一不可。对于九神，既无迎送之礼，难怪用以宣达礼意的迎送神的歌辞中，绝未提及九神。

但请注意：我们只说迎送的歌辞，和迎送的仪式所指的对象，不包括那东皇太一以外的九神。实际上九神仍不妨和东皇太一同出同进，而参与了被迎送的经验，甚至可以说，被"饶"给一点那样的荣耀。换言之,我们讲九神未被迎送,是名分上的未被迎送,不是事实的。谈到礼仪问题,当然再没有比名分观念更重要的了。超出名分以外的事实,在礼仪的精神下,直可认为不存在。因此,我们还是认为未被迎送,而祭礼是专为皇太一设的。

五　九神的任务及其地位

祭礼既非为九神而设,那么他们到场是干什么的?汉《郊祀歌》已有答案:"合好效欢虞太一,……《九歌》毕奏斐然殊。"《郊祀歌》所谓"九歌"可能即《楚辞》十一章中之九章之歌(详下),九神便是这九章之歌中的主角,原来他们到场是为着"效欢"以"虞太一"的。这些神道们——实际是神所"凭依"的巫们——按照各自的身份,分班表演着程度不同的哀艳的,或悲壮的小故事,情形就和近世神庙中演戏差不多。不同的只是在当时,戏是由小神们做给大神瞧的,而参加祭礼的人们是沾了大神的光而得到看热闹的机会;现在则专门给小神当代理人的巫既变成了职业戏班,而因尸祭制度的废弃,大神只是一只"土木形骸"的偶像,并看不懂戏,于是群众便索兴把他撇开,自己霸占了戏场而成为正式的观众了。

九神之出现于祭场上,一面固是对东皇太一"效欢",一面也是以东皇太一的从属的资格来受享。效欢时是立于主人的地位替主人帮忙,受享时则立于客的地位作陪客。作陪凭着身分(二三等的神),帮忙仗着伎能(唱歌与表情)。九神中身份的尊卑既不等,伎能的高下也有差,所以他们的地位有的作陪的意味多于帮忙,有的帮忙的意味多于作陪。然而作陪也是一种帮忙,而帮忙也有吃喝(受享),所以二者又似可分而不可分。

六　二章与九章

因东皇太一与九神在祭礼中的地位不同,所以二章与九章在十一章中的地位也不同。在说明这两套歌辞不同的地位时,可以有宗教的和艺术的两种相反的看法。就宗教观点说,二章是作为祭歌主体的迎送神曲,九章即真正的《九歌》,只是祭歌中的插曲。插曲的作用是凑热闹,点缀场面,所以可多可少,甚至可有可无。反之,就艺术观点说,九章是十一章中真正的精华,二章则是传统形式上一头一尾的具文。《楚辞》的编者统称十一章为"九歌",是根据艺术观点,以中间九章为本位的办法。《楚辞》是文艺作品的专集,编者当然只好采取这种观点。如果他是《郊祀志》的作者,而仍采用了这样的标题,那便犯了反客为主和舍己从人的严重错误,因为根据纯宗教的立场,十一章应改称"楚《郊祀歌》",或更详明点,"楚郊祀东皇太一《乐歌》",而《九歌》这称号是只应限于中间的九章插曲。或许有人要说,启享天神的乐称《九歌》,《楚辞》概称祀东皇太一的全部乐章为《九歌》,只是沿用历史的旧名,并没有什么重视《九歌》艺术性的立场在背后。但他忘记诸书谈到启奏《九歌》时不满的态度。不是还说启因此亡国吗?须知说启奏《九歌》以享天神,是骂他胡闹,不应借了祭天的手段来达其"康娱而自纵"(《离骚》)的目的,所以又说"章闻于天,天用弗式。"(《墨子·非乐篇》引《武观》)他们言外之意,祭天自有规规矩矩的音乐,那太富娱乐性的《九歌》是不容搀进祭礼来以亵渎神明的。他们反对启,实即反对《九歌》,反对《九歌》的娱乐性,实即承认了它的艺术性。在认识《九歌》的艺术性这一点上,他们与《楚辞》的编者没有什么不同,不过在运用这认识的实践行为上,他们是凭那一点来攻击启,《楚辞》的编者是凭那一点来欣赏文艺而已。

七　九章的再分类

不但十一章中,二章与九章各为一题,若再细分下去,九章中,前八章与后一章(《国殇》)又当分为一类。八篇所代表的日、云、星(指司命,详后)、山、川一类的自然神,(《史记·留侯世家》)"学者多言无鬼神,然言有物",物即自然神。)依传统见解,仿佛应当是天神最贴身的一群侍从。这完全是近代人的想法。在宗教史上,因野蛮人对自然现象的不了解与畏惧,倒是自然神的崇拜发生得最早。次之是人鬼的崇拜,那是在封建型的国家制度下,随着英雄人物的出现而产生的一种宗教行为。最后,因封建领主的逐渐兼并,直至大一统的帝国政府行将出现,像东皇太一那样的一神教的上帝才应运而生。八章中尤其《湘君》《湘夫人》等章的猥亵性的内容(此其所以为淫祀),已充分暴露了这些神道的原始性和幼稚性。(苏雪林女士提出的人神恋爱问题,正好说明八章宗教方面的历史背景,详后。)反之,《国殇》却代表进一步的社会形态,与东皇太一的时代接近了。换言之,东君以下八神代表巫术降神的原始信仰,《国殇》与东皇太一则是进步了的正式宗教的神了。我们发觉国殇与东皇太一性质相近的种种征象,例如祭国殇是报功,祭东皇太一是报德,国殇在祀家的系统中当列为小祀,东皇太一列为大祀等等都是。这些征象都是国殇与东皇太一贴近,同时也使他去八神疏远。这就是我们将九章又分为八神与《国殇》二类的最雄辩的理由。甚至假如我们愿走极端,将全部十一章分为二章(《东皇太一》《礼魂》),一章(《国殇》),与八章三个平列的大类,似亦无不可,我们所以不那样做,是因为那太偏于原始论的看法。在历史上,东皇太一,国殇,与八神虽发生于三个不同的文化阶段,而各有其特殊的属性,但那究竟是历史。在《九歌》的时代,国殇恐怕已被降级而与八神同列了。至少楚国制定乐章的有司,为凑足九章之歌的数目以合传统《九歌》之名,已决意将国殇排入八神的班列,而让他在郊祀东皇太一的典礼里,分担着陪祀意味较多的助祀的工作。(看歌辞八章与《国殇》皆转殇韵,属于同一型类,制定乐章者的意向益明。)他这安排也许有点牵强,但我们研究的是这篇《九歌》,我们的任务是了解制定者用意,不是修改他的用意。这是我们不能不只认八章与《国殇》为一大类中之两小类的另一理由。

为醒目,我们再将上述主要各点依一种新的组织制成下表。

神道及其意义						歌辞					
						内容的特征与情调			外形		
客体	东君云中君湘君湘夫人大司命小司命河伯山鬼	(自然神)物	淫祀	助祀		杂曲(九章)	用独白或对话的形式抒写悲欢离合的情绪	似风(恋歌)	哀艳	长短句	转韵
	国殇	鬼	小祀	陪祀	报功		叙述战争的壮烈,颂扬战争的英勇	似雅(挽歌)	悲壮	七字句	
主体	东皇太一	神	大祀	正祀	报德	迎神曲送神曲(二章)	铺叙祭礼的仪式和过程	似颂(祭歌)	肃穆	长短句	不转韵

有些意思,因行文的限制,上文来不及阐明的,大致已在表中补足了。

八 "赵代秦楚之讴"

《汉书·礼乐志》曰:

> 武帝定郊祀之礼,词太一于甘泉……乃立乐府,采诗夜诵,有赵、代、秦、楚之讴。以李延年为协律都尉,多举司马相如等数十人造为诗赋,略论律吕,以合八音之调,作为十九章之歌。以正月上辛用事圜丘,使童男女七十人俱歌,昏祠至明。

"有赵、代、秦、楚之讴"对我们是一句极关重要的话,因为经我们的

考察,九章之歌所代表诸神的地理分布,恰恰是赵、代、秦、楚。现在即依这国别的顺序,逐条分述如下:

1.《云中君》 罗膺中先生曾据"览冀州兮有余"及《史记·封禅书》"晋巫祠五帝东君、云中君,……"之语,说云中即云中郡之云中。这是一个重要的发现。云中是赵地,(《史记·赵世家》:"武灵王……欲从云中、九原直南袭秦。")赵是三晋之一,正当古冀州城。

2.《东君》 依照以东方殷民族为中心的汉族本位思想,日神羲和是女性,(《大荒南经》"有女子名羲和,……帝俊之妻,生十日",《七发》"神归日母"。)但《九歌》的日神东君是男性,(《九歌》诸神凡称君的皆男性。)可能他是一位客籍的神。《史记·赵世家》索隐引谯周曰"余尝闻之,代俗以东西阴阳所出入,宗其神谓之王母父",阴阳指日月,(《大戴记·曾子天圆篇》"阳之精气日神,阴之精气月灵"。)似乎以日为阳性的男神,本是代俗。据《史记·封禅书》,东君也是晋巫所祠,代地本近晋,古本歌辞次第,《东君》在《云中君》前,(今本错置,详掘著《楚辞校补》。)是以二者相次为一组的。《封禅书》及《索隐》引《归藏》亦皆东君、云中君连称。这种排列, 大概是依农业社会观念, 象征着两个对立的重要自然现象——晴与雨的。云中君在赵,东君的地望想必与他相近,不然是不会和他排在一起的。

3.《河伯》 《穆天子传》一"天子西征,驾行至阳纡之山,河伯无冯夷之所都",据《尔雅·释地》与《淮南子·地形篇》,"阳纡是秦的泽薮,可见河伯本是秦地的神,所以祭河为秦国的常祀。《史记·六国年表》"秦灵公八年,初以君主妻河",《封禅书》"及秦并天下,令祠官所常奉天地名山大川鬼神,……水曰河,祠临晋"是其证。《封禅书》又曰"昔秦文公出猎,获黑龙,(案即水神玄冥。)此其水德之瑞,于是秦更命河曰德水",这是秦祀河的理论根据。

4.《国殇》 歌曰"带长剑兮挟秦弓",罗先生据此疑国殇即《封禅书》所谓"南山巫祠南山秦中。秦中者二世皇帝"。我们以为说国殇是秦人所祀则可,以为即二世则不可。二世是赵高逼死在望夷宫中的,并非死于疆场。且若是二世,《九歌》岂不降为汉代的作品?但截至目前,我们尚无法证明《九歌》必非先秦楚国的乐章。

5.6.《湘君》《湘夫人》 这还是南楚湘水的神。即令如钱宾四先生所说,湘水即汉水,那还是在楚境。

7.8.《大司命》《少司命》 大司命见于金文《洹子(即田桓子)孟姜壶》,而《风俗通·礼典篇》也说"司命……齐地大尊重之",似乎司命本是齐地的神。但这时似乎已落籍在楚国了。歌中空桑,九坑皆楚地名可证。(《大招》"魂乎归徕,定空桑只"。九坑《文苑》作九冈,九冈山在今湖北松滋县,即昭十一年《左传》"楚子……用隐太子于冈山"之冈山)。《封禅书》且明说"荆巫祠司命"。

9.《山鬼》 顾天成《九歌解》主张《山鬼》即巫山神女,也是《九歌》研究中的一大创获。详孙君作云《九歌·山鬼考》。我们也完全同意。然则山鬼也是楚神。

以上除(2)(4)二项证据稍嫌薄弱,其余七项可算不成问题,何况以(2)属代,以(4)属秦,充其量只是缺证,并没有反证呢?"赵、代、秦、楚之讴"是汉武因郊祀太一而立的乐府中所诵习的歌曲,《九歌》也是楚祭东皇太一时所用的乐曲,而《九歌》中九章的地理分布,如上文所证,又恰好不出赵、代、秦、楚四国的范围,然则我们推测《九歌》中九章即《汉志》所谓"赵、代、秦、楚之讴",是不至离事实太远的。并且《郊祀歌》已有"《九歌》毕奏斐然殊"之语,这"《九歌》"当亦即"赵、代、秦、楚之讴"。《礼乐志》称祭前在乐府中练习的为"赵、代、秦、楚之讴",《郊祀歌》称祭时正式演奏的为"《九歌》",其实只是一种东西。(《礼乐志》所以不称"《九歌》"而称"赵、代、秦、楚之讴",那是因为"有赵、代、秦、楚之讴"一语是承上文"采诗夜诵"而言的。上文说"采诗",下文点明所采的地域,文意一贯。)由上言之,赵、代、秦、楚既恰合九章之歌的地理分布,而《郊祀歌》又明说出"《九歌》"的名字,然则所谓"赵、代、秦、楚之讴"即《九歌》,更觉可靠了。总之,今《楚辞》所载《九歌》中作为祀东皇太一乐章中的插曲的九章之歌,与夫汉《郊祀歌》所谓"合好效欢虞太一,……《九歌》毕奏斐然殊"的《九歌》,与夫《礼乐志》所谓因祠太一而创立的乐府中所"夜诵"的"赵、代、秦、楚之讴",都是一回事。

承认了九章之歌即"赵、代、秦、楚之讴",我们试细玩九章的内容,还可发现一个有趣的现象。九章之歌依地理分布,自北而南,可排列如下:

《东君》	代
《云中君》	赵
《河伯》(《国殇》)	秦
《大司命》《少司命》《山鬼》	楚
《湘君》《湘夫人》	南楚

国殇是人鬼，我们曾经主张将他和那八位自然神分开。现在我们即依这见解，暂时撇开他，而单独玩索那代表自然神的八章歌辞。这里我们可以察觉，地域愈南，歌辞的气息愈灵活，愈放肆，愈顽艳，直到那极南端的《湘君》《湘夫人》，例如后者的"捐余袂兮江中，遗余褋兮醴浦"二句，那猥亵的含意几乎令人不堪卒读了。以当时的文化状态而论，这种自北而南的气息的渐变，不是应有的现象吗？

九　楚九歌与汉郊祀歌的比较

虽然汉郊祀太一是沿用楚国的旧典，虽然汉祭礼中所用以娱神的《九歌》也就是楚人在同类情形下所用的《九歌》，但汉《郊祀歌》十九章与楚《九歌》十一章仍大有区别。汉歌十九章每章都是祭神的乐章，因为汉礼除太一外，还有许多次等的神受祭。但楚歌十一章中只首尾的《东皇太一》与《礼魂》(相当于汉歌首尾的《练时日》与《赤蛟》)，是纯粹祭神的乐章。其余九章，正如上文所说，都只是娱神的乐章。楚礼除东皇太一外，是否也有纯粹陪祭的次等神如汉制一样，今不可知。至少今《九歌》中不包含祭这类次等神的乐章是事实。反之，楚歌将娱神的乐章(九章)与祭神的乐章(二章)并列而组为一套歌辞。汉歌则将娱神的乐章完全屏弃，而专录祭神的乐章。总之楚歌与汉歌相同的是首尾都分列着迎送神曲，不同的是中间一段，一方是九章娱神乐章，一方是十七章祭次等神的乐章。这不同处尤可注意。汉歌中间与首尾全是祭神乐章(迎送神曲也是祭神乐章)，他的内容本是一致的，依内容来命名，当然该题作"郊祀歌"。楚歌首尾是祭神，是间是娱神，内容既不统一，那么命名该以何者为准，便有选择的余地了。若以首尾二章为准，自然当题作"楚《郊祀歌》"。现在他不如此命名，而题作"九歌"，可见他是以中间九章娱神乐章为准的。以汉歌与楚歌的命名相比较，益可证所谓"《九歌》"者是指十一章中间的九章而言的。

十　巫术与巫音

苏雪林女士以"人神恋爱"解释《九歌》的说法，在近代关于《九歌》的研究中，要算最重要的一个见解，因为他确实说明了八章中大多数的宗教背景。我们现在要补充的，是"人神恋爱"只是八章的宗教背景而已，而不是八章本身。换言之，八章歌曲是扮演"人神恋爱"的故事，不是实际的"人神恋爱"的宗教行为。而且这些故事之被扮演，恐怕主要的动机还是因为其中"恋爱"的成分，不是因为那"人神"的交涉，虽则"人神"的交涉确乎赋予了"恋爱"的故事以一股幽深，玄秘的气氛，使它更富于麻醉性。但须知道在领会这种气氛的经验中，那态度是审美的，诗意的，是一种 make believe，那与实际的宗教经验不同。《吕氏春秋·古乐篇》曰："楚之哀也，作为巫音。"八章诚然是典型的"巫音"，但"巫音"断乎不是"巫术"，因为在"巫音"中，人们所感兴趣的，毕竟是"音"的部分远胜于"巫"的部分。"人神恋爱"许可以解释《山海经》所代表的神话的《九歌》，却不能字面的 literally 说明《楚辞》的《九歌》。严格的讲，二千年前《楚辞》时代的人们对《九歌》的态度，和我们今天的态度，并没有什么差别。同是欣赏艺术,所差的是,他们是在祭坛前观剧——一种雏形的歌舞剧,我们则只能从纸上欣赏剧中的歌辞罢了。在深浅不同的程度中,古人和我们都能复习点原始宗教的心理经验,但在他们观剧时,恐怕和我们读诗时差不多,那点宗教经验是躲在意识的一个暗角里,甚至有时完全退出意识圈外了。

论九章

原载《社会科学战线》1981 年第 1 期。

《九章》九篇,除《橘颂》内容形式独异,当自为一类外,其余八篇可分为二组:

甲 《惜诵》《涉江》《哀郢》《抽思》《怀沙》;

乙 《思美人》《惜往日》《悲回风》。

以形式论,甲组题名皆两字(仅"惜诵"二字系摘自篇首),篇末皆有乱辞。乙组题名三字,均摘自篇首,篇末皆无乱辞,此其大别也。以内容论,甲组虽无法证明其必为屈原作品,然亦无具体的反证。乙组则如《惜往日》《悲回风》等,可疑之处甚多(详下),此其差别,亦甚显然。

乱辞之有无,可以觇其距离音乐之远近,而文辞离音乐之远近,又可以推其时代之早晚。据此,就一般原则论,甲组有乱辞,当早于乙组。先秦著述初本无篇名,有之亦大都只两字。汉人所撰纬书始皆三字名篇。《庄子》内七篇亦三字名篇,然如《德充符》《大宗师》《应帝王》等乃纬书一派思想,故疑七篇篇名皆汉人所造。外杂篇之纂辑,本自可疑,其间篇名容皆出汉人,故亦间有三字者。他如《墨子》之《备城门》《备高临》《备蛾傅》《迎敌祠》,韩非之《初见秦》等,其时代亦皆在可疑之列。要之三字名篇之风,至汉始盛。《九章》中《思美人》《惜往日》《悲回风》三篇,疑至汉初始编入《楚辞》。其篇名与《招隐士》《哀时命》诸汉人作品之题名同风,盖亦汉人所沾。论其形式,乙组之三字名篇与无乱辞,既皆可证其晚于甲组。而论其内容,乙组多数篇什又必不能认为屈子所自作。然则最初之九章,或只甲组五篇乎?其谓之九章者,盖如《九辩》之本不分篇,而《九歌》又有十一篇,此所谓九,皆非实数乎?今《九章》有九篇者,又岂后人不明九字之义,妄取乙组三篇并《橘颂》一篇混入之,以求合九之实数乎?凡

此种种推测,揆诸事理,皆极可能。请更举二事以证成之:

《汉书·扬雄传》说雄

又旁(仿)《惜诵》以下至《怀沙》一卷,名曰《畔牢愁》。据此可知直至扬雄时,《九章》中《惜诵》《涉江》《哀郢》《抽思》《怀沙》等五篇,尚独自成一单元,不与以下相混。夫汉人皆以《怀沙》为屈子绝笔(《史记》本传载《怀沙》文毕曰:"于是怀石,遂自投汨罗以死。"《七谏·沉江》曰:"怀沙砾而自沉兮。")则当时所传《楚辞》最合理的编次,自是以《九章》为屈子作品之殿,而《怀沙》又为《九章》之殿。扬雄所拟止于《怀沙》者,盖彼所欲拟者屈子,而当时所传《楚辞》,其编次实以《怀沙》为一大限,《怀沙》以前,屈子所作,过此以往,即与屈子无关也(五篇之《九章》当系屈子所作,说详下)。以上所推若果不谬,则乙组三篇不惟不属《九章》范围,且不属屈赋范围矣。后人徒欲合九字之数,遂援他篇以入九章,因亦援他人之作以归屈子,谬孰甚哉!

《九叹·忧苦》曰:

> 叹《离骚》以扬意兮,犹未殚(尽也)于《九章》。

刘向所谓《九章》,盖即指甲组五篇,亦即扬雄所拟五篇而言,向与雄同时,宜其所见相同。惟彼已误会九为实数,而不了于文只五篇而名曰《九章》之故,故以为"未殚"之作也。至乙组三篇及《橘颂》之阑入《九章》,或始于王逸,或更在其前,皆不可知。观刘向所言则此种混乱之心理基础,向则已经成立则无疑也。

由上所言,《九章》除《橘颂》外八篇之编排,当改之如下:

九章

惜诵	涉江	哀郢
抽思	怀沙	
思美人	惜往日	悲回风

以上五篇之古本《九章》,虽无法证明其必为屈子所作,然亦无法证其必非屈子所作,前已言之。凡古代相传之事实,在无人提出反证、或所提之反证并不充足时,吾人只得暂时承认传说为不误,或至少为"事出有因"。对于五篇之《九章》,吾人今即本此态度,而承认其为屈原所作。

诚然屈原作品不必限于《九章》,《思美人》以下三篇之不属于古本《九章》五篇之内,并不足以证明其必非屈原所作。谁说屈原不可于《离骚》《九章》等之外,又曾作过《思美人》等独立的三篇呢?但反过来说,三篇既不在古本《九章》之内,至少此三篇已失其必为屈原作品之保障。盖西汉人只认彼时所传的五篇为屈原所作,而此三篇恰在五篇之外,则其是否亦为屈原所作,至少在西汉人眼里,是不无问题的。我们也可想象西汉人如刘向、扬雄等,直认此三篇为非屈原所作。这种看法,我们现在也认为是很对的,试分析三篇的内容便知。

三篇中《惜往日》最为可疑。"不毕辞而赴渊兮",及"临沅湘之玄渊兮,遂自忍而沉流",不类屈子自己语气,固不待言。其自称曰"贞臣",称君曰"壅君"(犹言暗君),以及通篇语气之愤激,若以为屈子自作,亦不近事情已甚。反之,若以为后人追怀屈子之作,则怡然理顺矣。即以文论之,此篇技术亦最拙劣。文词缴绕,思路凌乱,一也;倒文凑韵,不顾语法,二也;既不知换韵,以求声调之变化,又不能严守一韵而任意通合(以幽宵侯合之),以自乱其例,三也。凡此现象,皆他篇所无,其不出于前五篇的作者屈原之手,明矣。《悲回风》"骤谏君而不听兮,任重石之何益"之语,不似屈原本人口气,亦极显明。若以文章技巧论,则此篇似又嫌太好。深秀如"眇远志之所及兮,怜浮云之相羊";奇警如"纠思心以为纕兮,编愁苦以为膺";与夫观潮一大段铺写之酷似《七发》,皆《楚辞》全书中所罕见,不特《九章》前五篇而已也。总之,《惜往日》《悲回风》二篇之预言自沉,既与事理不合,而论文章技巧,又一嫌太好,一嫌太坏,吾人今将二篇自屈子作品中剔出,不为无据。其余《思美人》一篇最难处,凡前揭二篇中所发现之疑窦,此一无之。吾人只能据其不为扬雄所拟,并其三字名篇及无乱辞等特征,皆与《惜往日》《悲回风》同类,而暂亦认其非屈原所作。这根据自然比较薄弱。但我们在读后世的诗文集得到一个经验,无名的小家的作品,有被有名的大家吸收的趋势。愈是大家的集子,历时愈久,分量变得愈大,被吸收来的作品,往往是发现在全书或每卷的尾上。因此在有问题的大家集子里,愈是靠近全书或每尾梢的作品,愈靠不住。这个原则曾经屡试不爽。同样的原则应用到先秦的书籍上,想来也是有效的。即以《楚辞》为例,号称为屈原的作品,依今本的次第(《释文》本同),倒数上去,是《渔父》《卜居》《远游》《九章》……《渔父》《卜居》之非屈原作品,如今不成问题。《远游》之非屈原作品也大致是公认的了。向前数,便到《九章》了。在《九章》中,恰巧最有问题的《悲回风》《惜往日》,也依次被排列在最末。这岂是偶然的? 再次便是《思美人》,问题较少,位置也较前。然而它究竟离《惜往日》《悲回风》太近了。因此它的嫌疑,也是无法避免的。他不能援引他上面的近邻《怀沙》以自洗刷,因为他比不上《怀沙》有太史公载之列传、扬雄加以摹仿的双重保险。为《思美人》辩护的人实在可以息喙了。《思美人》将永远是嫌疑犯。

或谓一人作品之作风不必一致,《离骚》与《九章》五篇未必一致,而五篇自已又未必彼此一致,我们又何能因三篇作风与五篇不同,而疑其非屈原所作呢? 但是我们谈的并非一致不一致的问题。一个人作品的作风尽可因时因事而异,但总当有一个相差不多的共同水准。我们怀疑的是《惜往日》的水准太低于屈原,而《悲回风》又似稍高点(至少就其精巧的程度说)。尤其就《惜往日》的口气看,若果是屈原作的,应是他最晚的作品。最晚的作品论理应是最成熟的。然而这篇文字却是太幼稚了,比任何一篇相传为屈原的作品都差,这是万万说不过去的。

对于先秦文籍之可疑者,世人动辄斥为汉人赝作。一部分或许真是如此。但大部分恐怕只是经过汉人的窜乱而已。至于今本《九章》中《思美人》《惜往日》《悲回风》三篇,我们认为时代较晚于前五篇,但恐怕晚也晚不到汉朝。最具体的证据,是在属意和造句上,《九叹》剿袭《思美人》者两处,《七谏》剿袭《惜往日》者四处,剿袭《悲回风》者六处,可见《思美人》至迟在刘向时,《惜往日》《悲回风》至迟在东方朔时,已经是脍炙人口的古代名著了。贾谊《串屈原赋》云:

> 袭九渊之神龙兮，沕深潜以自珍，弥（偭）融以隐处兮，
> 夫岂从蟺与蛭蝝。

这与《惜往日》中

> 惭光景之诚信兮，身幽隐而避（原误备）之，临沅湘之玄
> 渊兮，遂自忍而沉流。

四句语意相似，贾谊（前一六九卒）去东方朔（前一三八为大中大夫给事中）不远。这里与其说被东方朔所剿袭的《惜往日》，曾剿袭过贾谊，倒不如说东方朔剿袭的《惜往日》，在前一二十年也被贾谊剿袭过。总之，《思美人》《惜往日》《悲回风》三篇，虽非屈原所作，却也离屈原的时代不远。《惜往日》性质与贾谊《吊屈原赋》相近，大概是屈原死后，一位好打抱不平的无名作家作来凭吊他的文字。"情冤见之日明兮，如列宿之错置。"分明是说屈原的冤如今终于昭雪了。《思美人》《悲回风》二篇所表现的思想，与所纪述的行迹酷似屈原，大概都是"拟"或"代"屈原的作品。三篇皆与屈原有相当关系，后人误认为屈原作品，毕究不为无因的。

现在该谈到《橘颂》了。

以性质论，《橘颂》与荀卿《赋篇》相似。以文体论，其古质处亦不下于其余八篇。西汉诸家所以尽拟八篇而独未及此者，实因此篇性质迥异，与诸家所作之范围涉不相涉。且文云"生南国"，明系楚人所作。然则谓西汉人所见《九章》即今所传《九章》，无不可也。